集中外名家经典科普作品
全力打造科普分级阅读图书

LAIZI DIXIA DE BAOZHA

来自地下的爆炸

陈龙银 薛贤荣 薛艳 主编
高峰 等编著

少儿科普精品分级阅读
（9~12岁）

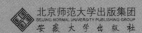

北京师范大学出版集团
安徽大学出版社

图书在版编目(CIP)数据

来自地下的爆炸/陈龙银,薛贤荣,薛艳主编;高峰等编著. —合肥:安徽大学出版社,2015.9

(少儿科普精品分级阅读.9～12岁)
ISBN 978-7-5664-0973-7

Ⅰ.①来… Ⅱ.①陈… ②薛… ③薛… ④高… Ⅲ.①阅读课—小学—课外读物 Ⅳ.①G624.233

中国版本图书馆 CIP 数据核字(2015)第 150917 号

出版发行:	北京师范大学出版集团 安 徽 大 学 出 版 社 (安徽省合肥市肥西路3号 邮编230039) www.bnupg.com.cn www.ahupress.com.cn
印　　刷:	合肥添彩包装有限公司
经　　销:	全国新华书店
开　　本:	170mm×240mm
印　　张:	8.25
字　　数:	80 千字
版　　次:	2015 年 9 月第 1 版
印　　次:	2015 年 9 月第 1 次印刷
定　　价:	15.80 元
ISBN 978-7-5664-0973-7	

策划编辑:钟 蕾	装帧设计:徐 芳 李 军
责任编辑:谢 莎 杨 序	美术编辑:李 军
责任校对:程中业	责任印制:赵明炎

版权所有　侵权必究

反盗版、侵权举报电话:0551—65106311
外埠邮购电话:0551—65107716
本书如有印装质量问题,请与印制管理部联系调换。
印制管理部电话:0551—65106311

顺应时代需求，荟萃科普精品

陈龙银　薛贤荣

在多地为青少年举办的"好书推荐"与"最受欢迎的图书评比"活动中，科普作品都占有相当大的比重。不但家长和老师希望孩子们多读科普作品，以汲取知识、启迪智慧，而且孩子们自己也非常愿意阅读此类作品，他们觉得对自己的成长有所裨益。

科普作品（包括科幻作品）是科学与文学相结合的产物，此类书在中国的萌芽最早可以追溯到20世纪初叶。

晚清时，中国的知识分子就开始思考用含有科学知识的文学作品启迪民智、更新文化。梁启超于1902年发表的《论小说与群治之关系》一文，强调了包括"哲理科学小说"在内的新小说对文化改良的巨大作用，并翻译了《世界末日记》《十五小豪杰》等西方科幻小说。鲁迅则认为"导中国人群以进行，必自科学小说始"，他翻译了凡尔纳的《月界旅行》《地底旅行》等科幻小说。《新中国未来记》《新石头记》《新纪元》《新中国》等早期科幻文学的一个个"新"，表达了中国人对工业化基础上民族复兴的渴望，所有主题都绕不开现代性的追求。

新中国成立后，特别是改革开放以后，科普作品出现了创作、出版与阅读的高潮。近年来，科普作品进一步与民族复兴的中国梦联系起来。在审美功能不被削弱的前提下，科普作品不仅被赋予了教育价值，还肩负起构筑民族国家精神、引导民族国家复兴的政治理想。人们对其价值与作用的认识达到了前所未有的高度。

本丛书就是在此大背景下问世的。

科普作品的作者一般由两类人构成：一是文学工作者，他们在文学作品中加入科学知识并期盼这些知识能得到普及；二是科学工作者，他们用文学的手法向读者介绍科学知识。具有科学知识的文学工作者与具有文学素养的科学工作者并不是很多，因而，就具体科普作品来说，要想克服忽略生动与感染力的通病，达到科学与文学水乳交融的境界，绝非易事。因此，优秀科普作品的总量不多。

打破地域、时间和作者身份的限制，广泛搜集科普精品，再将内容与读者年龄段精心匹配，使之成为一套科普阅读的精品书，这就是本丛书的编选方针。对于当前的普遍关注而又存在认识误区的话题，如食品安全、环保、转基因利弊等，丛书在选文时予以重点倾斜；对于事实上不正确而大多数人却认为正确的所谓"通说"，丛书则精心选用科普经典作品予以纠正。

本丛书的特点还体现在以下几个方面：

其一是分级，从小学到初中共分为九本，每年级一本。从选文到编排，都充分考虑到各年龄段读者的不同特点。如考虑到一、二年级段的小学生识字不多、注意力难持久集中、理性精神尚未觉醒等特点，在选文时多选短文，多选充满童心童趣的童话、故事，尽量避免出现难以理解的专业术语，并加注拼音。初中阶段读者的理解力已经很强了，故而选文篇幅加长，专业术语出现的频率也相对增多。总之，丛书的选编坚持"什么年级读什么书""循序渐进"和"难易适中"的原则，以免出现阅读障碍。

二是保护、激活读者求知与想象的天性。求知和想象本来是孩子的天性。但现在的教育不但忽视了对于孩子想象力的保护和培养，而且在一定程度上抑制了孩子的天性。本丛书力求让读者能轻松阅读、快乐阅读，力求所选作品能够保护孩子的想象力，开发孩子的创造力，让他们得以充分发展。

三是让读者在获得科学知识的同时培养其科学献身精神。科普作品是立足现实、面对未来的，了解知识固然重要，但对于正在成长的少年儿童来说，引导他们关注未来，激发他们去探索科学的真谛，为科学献身，则更加重要。这套书对培养他们的科学献身精神有着不可低估的作用。

目录

第一辑 动物奇境故事

小斑马和他的妈妈	2
骆驼和山羊进沙漠	5
乌鸦和小猪的故事	8
恐龙的叫声	11
聪明的小骡子	16
啄木鸟拜师学艺	19
"八卦飞将军"——蜘蛛	22
帝企鹅的一家	24
谁害死了山羊	29
牛和犀牛的故事	35
小蝇子选择脚	38

第二辑 植物王国趣事

树木之最	42
猪笼草吃虫子	44
植物"杀手"	46

"喧宾夺主"的植物	49
"五犬花"的传说	51
西湖里的蓝藻	53
紫荆花的故事	55
"猫与三叶草"的故事	58
植物与地震	60
勇闯魔藻之海	62
紫罗兰将军	66

第三辑 大自然寻秘

沙漠中的"饮水站"	70
小猪的生日聚会	73
大栌榄树与渡渡鸟	76
海滩上的"发光脚印"	79
"鬼火"是什么	83
地球清洁工	86
仙鹤回来了	89
来自地下的爆炸	93

第四辑 生活与科技探奇

瓦特发明蒸汽机	98
伽利略的伟大发现	100
阿基米德智烧敌船	103

哈雷彗星的发现 106

怀丙捞铁牛 110

哥伦布"拿走"月亮 112

查理曼烧桌布 115

没关紧的水龙头 118

第一辑
动物奇境故事

　　小斑马和他的妈妈、骆驼和山羊、乌鸦和小猪、牛和犀牛等等，他们之间发生了什么有趣的故事？啄木鸟向哪些动物拜师学艺？谁害死了山羊？……

　　这一系列的疑问提醒我们，必须要用科学的眼光去探索和揭示动物的秘密，更要努力保护它们的生存环境，使所有的物种都得以延续。

　　让我们共同走进动物王国，一起探索吧。

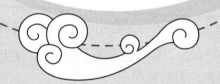

小斑马和他的妈妈

陈龙银

在非洲大草原上,一支由十几头斑马组成的队伍中又传来了喜讯——一头母斑马当妈妈了,她生下了一头健康漂亮的小斑马。

在小斑马出生后,妈妈就不停地舔着她的儿子,她把儿子全身上下舔得干干净净。妈妈在给宝宝清洗的同时,了解了宝宝的长相,熟悉了宝宝的味道。以后,不管自己的宝宝跑到哪儿,有多少同伴,她都能分辨得出来。

小斑马一天天长大,不仅会奔跑,而且会找食物了。妈妈很高兴。

一天,小斑马看到了一群马。看到那群马身上的毛几乎是一种颜色的,他感到很奇怪,忍不住问妈妈:"妈妈,为什么马身上没有长条纹,而我们身上却长了这么多黑白相间的条纹呢?"

"呵呵!"妈妈乐了,觉得爱发问的孩子一定聪明,"我们身上的条纹不仅漂亮,也是我们相互识别的主要标记之一,尤其重要的是,它是我们适应环境的保护色,是我们重要的防卫手段。你想啊,在辽阔的草原上,在阳光或月光下,这种黑白相间的条纹反射的光线是不同的,这就会让敌人产生视觉上的混乱,无法确定目标,从而为我们自己赢得逃跑的时机与时间。"

"看来我们身上的条纹是很有用的呀。"小斑马很高兴。

"是呀,"妈妈说,"聪明的人类还从我们身上的条纹得到启示,在马路上涂上条纹。"

"那叫'斑马线',对吧?"小斑马抢着说。

"没错!真聪明!"妈妈夸道,"20世纪50年代初,在英国伦敦的街道上第一次出现了斑马线。它对减少交通事故、保护人们的安全,都起到了很大的作用。"

"有了条纹,就什么也不怕了!"小斑马很兴奋。

"那也不能这么想,只有条纹的保护还是不够的。"妈妈说,"除了条纹,我们还有四条强健的腿,能长时间跑得很快,我们的听力和视力也都不错。"

"而且我们还有好多好朋友,对吗?"小斑马很自信。

"说得好!"妈妈更高兴了,"猛兽来了,我们大家可以相互提醒。另外,我们还应该结交更多的朋友,比如草原上的旋角大羚羊、牛羚、瞪羚、鸵鸟,他们都乐意和我们共同抵御敌人。旋角大羚羊、牛羚、瞪羚都很敏感。鸵鸟在晴天能替我们放哨,因为他个子高、视力好,看得远、看得清。我们在晚上或是阴天,会告诉他们有没有危险,因为我们的耳朵好、鼻子灵。"

"太好了!我要多交些朋友。"小斑马跳起来,叫道,"妈妈,我们现在就去远一些的地方找朋友吧。"

妈妈连忙摇摇头说:"那可不行,我们要经常喝水,不能远离水源。"

听了妈妈的话,小斑马顺从地点点头。他明白,听从妈妈的指点,才会安全。

知识链接

斑马主要生活在非洲地区，因身上有条纹而得名。每只斑马身上的条纹都不相同。这种保护色是长期适应环境和自然选择而逐渐形成的。人类从中受到启发，将条纹保护色原理应用在海上作战方面。人们在军舰上涂上类似斑马条纹的色彩，以此来模糊对方的视线，达到隐蔽自己的目的。

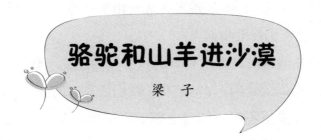

骆驼和山羊进沙漠

梁 子

我们都听说过《骆驼和山羊》的故事。故事说的是骆驼和山羊比高矮，骆驼说高好，山羊说矮好，结果谁也说服不了谁。最后还是牛伯伯为他们评理："高有高的好处，矮有矮的好处。当然，也都有各自的短处。每个人都应该看到自己的长处，但更要看到自己的短处。"

这事本来就结束了，可山羊并不这么想，他非要与骆驼比个胜负出来不可。

这天，山羊又来找骆驼比本领。

骆驼告诉山羊，自己正准备去沙漠。山羊听了，不服气地说："去沙漠有什么了不起！别看人家叫你们什么'沙漠之舟'，你能去，我同样能去。"

骆驼怎么劝，他也不听。就这样，倔强的山羊跟着骆驼来到了沙漠。

可还没走多远，山羊就觉得眼睛、鼻子受不了。因为沙漠里风沙很大，直往鼻子里钻；更糟糕的是，风沙吹得他简直睁不开眼。他只得往骆驼身后躲。骆驼却一点事儿也没有，这让山羊感到很奇怪。

骆驼说："我的眼睫毛很浓密，能遮挡风沙；我的鼻孔像个小开关，同样能挡风遮沙，所以我在沙漠里行走是没问题的。"

山羊为了证明自己各方面都比骆驼强，只好硬着头皮向前走。沙

漠的阳光很强,空气干燥。还没走多久,山羊就感觉口渴得不行了,要中暑了,而骆驼仍然健步如飞。

山羊忍不住问骆驼怎么没有口渴和中暑的感觉。骆驼说:"我的背上有驼峰,里面贮藏着厚厚的脂肪。我们依靠它的分解,能获取水分和营养,在沙漠里不吃不喝过上四五天甚至十几天也没问题。我们也不会中暑,因为我们不会出汗;身上的毛很厚,又能对付太阳的暴晒。"

山羊一听这话,心里害怕了。他想:"我不具备骆驼的条件,如果没有水喝,别说过十几天,一两天可能就会渴死。"

山羊只好向骆驼恳求说:"我认输了。我想回去了。"

骆驼停下脚步,看了看他,说:"其实,你也有许多长处是我不具备的。你在草原上就比我们强,但在沙漠中,你肯定是比不过我的。我早就劝你别来,你就是不听。唉!"

听了骆驼的话,山羊红着脸,什么也不说了。过了一会儿,他实在渴得厉害,向骆驼请求说:"你有水吗?我渴得不行了。"

这时,骆驼为难了,说:"我有驼峰,可我没有带水呀!"

山羊抬头看看,茫茫沙海,无边无际。他心慌了。"这可怎么办?我会渴死的呀!"山羊急得要哭了。

骆驼想了想,仔细地看了看,用鼻子四处闻了闻,似乎发现了什么。他高兴地说:"没关系,我发现不远处有水源。"

山羊把头抬得老高,甚至跳起来看,也没发现有水。他以为骆驼是为了安慰自己,才故意这么说的。

骆驼猜出了山羊的心思,笑笑说:"我不是骗你的。我们骆驼的鼻子特别灵,能闻到什么地方有水。在沙漠待久了,这点本领还是有的。不信,我们过去看看。"

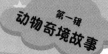

没办法,山羊只好跟着骆驼走,不多会儿,果然找到了水。

山羊一边喝着水,一边不住地夸着骆驼。这回,他是彻底服气了。

知识链接

沙漠呈现的是沙质荒漠景观,沙漠景观占地球陆地的三分之一。沙漠里气候干旱,大多是沙滩、沙丘、岩石,泥土很少,植物也很罕见。

乌鸦和小猪的故事

吕德坤

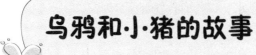

小猪常听人们说:"乌鸦是一种不吉祥的鸟,他一叫就没什么好事。"人们常用"天下乌鸦一般黑"比喻不管哪个地方的剥削者、压迫者都是一样的坏,而且因为乌鸦喜欢聚到一起打群架,所以用"乌合之众"来比喻像乌鸦一样聚集在一起的团伙,反正是不干好事的。

这一天,小猪早上一出门,就听到了"哇!哇!"的叫声,抬头一看,原来是只乌鸦。他气不打一处来,从地上捡起块石头就砸,边砸边骂:"你这只该死的鸟,狐狸骗了你嘴里的肉,怎么没把你也吃了!一出门就遇到你,今天肯定要倒霉了。"

幸好乌鸦反应快,拍拍翅膀飞了起来。

"哇!哇!"乌鸦边叫边说,"你怎么能这样说我?!我们可是会记仇的鸟。"

"我要是抓住你,非吃了你不可!"小猪伸出手想抓他。

乌鸦得意地说:"你就是长了翅膀也抓不到我的,我们可是灵活又凶猛的鸟,我要是发起火来,老鹰也得让我三分。"

"有本事,你下来!"小猪气得火冒三丈,但又没办法。

"你以为我们笨?你以为狐狸骗了我嘴里的肉是真的?告诉你,我们是聪明的鸟,有超高的智商。我们能做很多复杂的事,比如:我们会用嘴将散落的一块块饼干有序地垒在一起,一次性叼走;要是一块肉太大,一次飞行无法带走,我们会把它分割成小块带上;我们存粮食的仓库有时不止一个，我们经常会造一个假的来迷惑敌人；我们总在树洞、崖洞、高大建筑物的缝隙中筑巢，不容易被抓到。怎么样？聪明不？"

"你……你……"小猪支吾半天，说不出话来。

见小猪哑巴了，乌鸦更加来劲了，说："你是说不过我的，我们是能言善语的动物，虽然发音不那么好听，但我们会发出几百种声音来表达意思。人们说我们的叫声是不祥之兆，那纯粹是迷信！是污蔑我们！"

"反正不管怎么说，你们是坏东西！"小猪想了好一会儿才想出这么一句。

"我们每年吃掉无数只害虫，是坏东西吗？虽然我们也吃谷物、浆果、腐肉及其他鸟类的蛋，但我们的功大于过，是杂食性益鸟。我们懂礼貌有错吗？我们吃东西时，总是让年老体弱者先吃。我们尊敬老者是坏事吗？妈妈老了，掉光了羽毛，我们会捉虫子喂她。"乌鸦越说越激动，一口气说了自己的很多优点。

小猪听到这，觉得自己确实不对了。人家还真是聪明、能说会道，又有良好品质的益鸟。过了好半天，他不好意思地说："我以前对你们不了解，今天才知道这么多。不好意思，我做错了，我道歉！"

听了小猪的话，乌鸦也不生气了，说："我做得也不对，不应该那样说你。不打不相识，我们就交个朋友吧。"

小猪高兴地点点头。这时小猪再看乌鸦——羽毛黑黑的，头和身体之间是白色的，翅膀比尾巴长不少，嘴、腿和脚都是纯黑色的，还挺好看的。

知识链接

乌鸦,人们觉得它不吉利,因而厌恶它们,但它们却拥有一种真正值得称道的美德——养老、敬老。在养老、敬老方面,它们堪称动物中的楷模。据说当乌鸦妈妈年老体衰,不能觅食或双目失明飞不动的时候,它的子女就会四处寻找可口的食物,衔回来嘴对嘴地喂妈妈,回报妈妈的养育之恩,并且从不感到厌烦,一直到妈妈再也吃不下东西为止。这就是人们常说的"乌鸦反哺"。

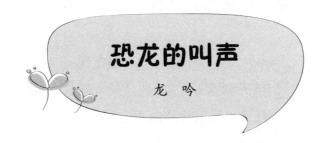

恐龙的叫声

龙 吟

小猪在树林边的石头堆中找到了一颗椭圆形的石头蛋，高兴得又蹦又跳。

和他走在一起的小狗很有学问，一眼就认出来那是颗恐龙蛋。

"恐龙蛋是什么东西啊？"小猪不解地问。

"恐龙蛋就是恐龙产下的蛋啊。"小狗解释道，"恐龙蛋有圆形、椭圆形、橄榄形等多种形状，大小各异，壳硬，表面有的有纹饰，有的光滑。"

"太好了！我们中午有好菜了！"小猪总是想着吃。

"什么呀！这是恐龙蛋化石，怎么能吃呢？"小狗说，"化石就是留存在岩石中的古生物遗体或是遗迹，在漫长的地质年代里，这些生物遗体中的有机质分解，而坚硬的部分如古生物的骨骼、外壳等，经过石化变成了化石。研究它们，人们就能了解到生物的演化，知道地层的年代。恐龙蛋是十分珍贵的古生物化石。"

"那我们应该将它送到动物博物馆，对吧？"小猪说。

"嗯，那咱们一起走吧！"小狗用手点了一下小猪的头。

兴奋的小猪抱着恐龙蛋飞快地跑进了树林深处。

不一会儿，小狗突然听到小猪的大叫声，叫声非常恐怖："救命啊——"

小狗向前奔去，他以为小猪碰见狼了。

慌里慌张的小猪和小狗撞了个满怀。小狗见他脸色煞白,问他是怎么回事。

小猪结结巴巴地说:"有……有……有恐龙!"

"有恐龙?"小狗被弄糊涂了,"怎么会呢?恐龙生活在距今2.35亿年至6 500万年前,在6 500万年前的白垩纪时代就灭绝了,你现在还能看到恐龙?你没发烧吧?"

小狗说着用手摸了摸小猪的头。

"真的!就在前面。要是不信,你自己去看看!"小猪用手向他跑来的方向指了指。

"走!"小狗拉起小猪。

可小猪还是心有余悸,担心地说:"你自己去吧,我不去。"

"有我在,怕什么!"小狗挺了挺胸说。

在小狗的生拉硬拽下,小猪只好硬着头皮,小心翼翼地跟在小狗的身后,战战兢兢地向前走。

还没走多远,他们果然听到了"嗷——嗷——"的叫声。

"就在前面!"小猪吓得停下脚步,"我不去了,可能是他们看到我拿了他们的蛋,找到这儿来了。他们看到我,还不吃了我。"

小狗心里也感到非常纳闷:"这确实像在电视里听到的恐龙的叫声,难道恐龙真的复活了?"

小狗又独自向前走了几步。突然,一只恐龙朝他奔来。小狗吓了一跳,赶紧向后退,回到小猪身边。

他让小猪蹲下来,躲到树丛里,小声说:"恐龙用后肢支撑身体,可以直立行走,是地球上首批直立行走的高级生物,统治地球超过1.6亿年。但他们早就从地球上消失了,今天怎么会突然出现呢?"

"我听说恐龙喜欢茂密的森林、丰盛的水草,这里有树有草,他

们会不会就躲在这儿,别人不知道呀?"小猪哆哆嗦嗦地说。

"不可能!"小狗说得很肯定,"两亿多年前的中生代,地球陆地上确实生活着许多爬行动物,因此中生代又被人们称为'爬行动物时代'。那时候,地球气候温暖,到处是茂密的森林和肥美的水草。爬行动物的食物很丰富,所以他们渐渐繁盛起来,分化成的种类也越来越多。今天的龟类、鳄类、蛇类、蜥蜴类,甚至是哺乳动物,都是从那时演变分化出来的。因为空气温暖而潮湿,食物到处都是,很容易找到,所以陆生爬行动物中体形最大的恐龙能够统治地球1亿多年就不足为怪了。"

停了一下,小狗接着说:"但很多人认为,在6 500万年前的白垩纪时代末期,有一颗巨大的小行星或是彗星与地球发生了非常猛烈的碰撞,地球上到处弥漫着浓浓的火山灰和毒气。生物长时间不见日光,植物无法进行光合作用,大气中氧气的含量越来越少,恐龙便大批死亡,直至灭绝。所以,从那时起,我们就再也见不到他们了。"

说到这儿,小狗站起身,壮着胆子又慢慢地朝前走去。

还没走多远,小狗突然听到叫好声:"太棒了!向前冲呀!"

小狗侧耳仔细听,好像是小熊的声音。

小狗接着又向前走了十几步,这回他看清楚了:哪是什么恐龙,是小熊在放电影呢!

小狗一个箭步冲到小熊面前,大叫:"你吓坏我们了!我和小猪还以为遇到真的恐龙呢!"

小熊听了这话,不禁哈哈大笑:"这是我刚买的宽屏电影。感觉怎么样?像真的吧?我最爱看恐龙电影了。"

"小猪,过来吧!过来看电影!"小狗大声招呼小猪。

小猪磨蹭了半天才走了过来。看到了小熊和面前的宽屏电影,他也乐了:"是电影上的恐龙啊!我还以为是恐龙来找蛋了呢。"

说到恐龙,又看到小猪手里的恐龙蛋,小熊更来劲了:"你们知道'恐龙'名称的由来吗?告诉你们,这是1842年英国古生物学家理查德·欧文爵士给早期发现的恐龙创造的一个名称,意思是'可怕的爬行动物',后来我们把他翻译成'恐龙',很形象。"

"我刚才看的是一部介绍恐龙灭绝的电影。"小熊接着说,"我现在才知道,恐龙灭绝的真正原因还不是非常清楚,有很多种说法。大多数人认为是小行星撞上地球导致的,但也有其他种说法的,比如:地球气候变化引起的,大陆漂移引起的,地磁发生变化引起的,食物中毒引起的,强烈的酸雨引起的,小型动物吃光他们的蛋引起的,等等。不管怎么说,我还是想见到真的恐龙。"

"别这么说,我才不想见到真的恐龙。"小猪连忙摆手说。

小熊和小狗听了,都哈哈大笑起来。

知识链接

恐龙种类繁多,体型各异,大的体长数十米、重达四五十吨,小的体长不到一米。恐龙都生活在陆地或沼泽附近,有吃肉的,也有吃植物的。中生代时期,恐龙极繁盛,称霸一时,至中生代末期全部绝灭。

聪明的小骡子

刘 峰

很久以前，在一片草场上，生活着一群马和一群驴，他们友好地相处了很多年，甚至成了亲戚——有的马姑娘嫁给了驴小伙，有的马小伙娶了驴姑娘。驴姑娘生下的孩子就叫"驴骡"，马姑娘生下的孩子就叫"马骡"，驴骡和马骡都叫"骡子"。

可是有一年，因为大旱，牧草稀疏，马、驴两大家族为争草场发生了矛盾，要各自分开，不再做亲戚了，而且发誓：永远不再来往！

这让他们共同的孩子——骡子着急了。已经是亲戚了，怎么能不来往呢？一只小骡子和他的同伴们商量后，决定想办法让双方重归于好。

小骡子先来到马的队伍里。马儿们当然会接纳他，因为他毕竟同自己有血缘关系。这从长相也能看出：骡子的体型虽然比马小，但与马有很多共同的特征——第三趾发达，有蹄，其余各趾都已经退化；体格健壮，抗压能力很强，有马的灵活性和奔跑能力。

小骡子对马儿们说："吵架之后，驴子们很后悔，觉得是亲戚，不应该互不相让，而应该相互体谅，共同渡过难关。他们还说，马有很多优点：是有名的奔跑能手，力气大，能拉车、驮物，能让人骑着参加比赛；马特别聪明，除了善于表演，还有很强的认路本领——老马识途嘛。"

听了小骡子这番话，领头的马也不好意思了，说："我们也不想和驴子们分开，既然是亲戚，能团结一致，当然是好事。"

见领头的马这么说，小骡子可高兴了，他觉得让他们和好的希望很大。

第二天，小骡子又来到驴群中。驴子们当然也不会拒绝他，因为他和自己有很多相像的地方呀：他有着和自己一样的长耳朵；在山路上，他也是运送货物的能手；他和驴子一样，比马吃的草料少得多，但力量比马大，是一种省吃能干的动物。他脾气好，性情温驯，有着任劳任怨、默默奉献的精神——这也是驴的精神呀。所以，驴子们都喜欢小骡子。

小骡子当然明白这一点。于是，小骡子又把对马儿们说的话对驴子们也说了一遍："吵架之后，马儿们很后悔，觉得是亲戚，不应该争来争去的，而应该相互帮助，共同渡过难关。他们还说，驴子有很多优点：形体好看——头大耳长，胸部稍窄，四肢偏瘦，蹄小但结实，躯干较短，身高和体长大体相等，很匀称。驴很结实，不好生病，性情温驯，能吃苦耐劳，听从使役。驴既能耕作，又能乘骑，走山路更是高手。驴子有很多长处都值得马儿们学习。马儿们很想与你们和好如初，大家都发挥各自的长处，共同对付敌人，共同战胜困难。"

听了小骡子的话后，领头的驴子也不好意思了。他说："这次吵架的主要责任应该在我们。我们对别人都特别友好，对亲戚就更应该照顾些。既然马儿们都说到这份上了，我们愿意和好，主动道歉！"

听了这番话，小骡子别提有多兴奋了。他激动得在地上打起滚来。

小骡子利用自己的聪明才智成功地让双方重归于好了。

知识链接

骡子是马和驴的杂交种。公驴和母马所产的后代称为"马骡"。马骡个大,具有驴的负重能力和抵抗能力,同时也有马的灵活性和奔跑能力,能为人做很多体力活,但不能生育。公马和母驴所产的后代称为"驴骡"。驴骡个小,一般不如马骡力量大,但不同的是,驴骡有时能生育。

啄木鸟拜师学艺

陶文敏

啄木鸟长大了。他想,自己要独立,必须要学一样实实在在的本领。于是,他四处飞行,拜师学艺。

这天,他起得很早,天还没有完全亮。他先找到了猫头鹰。猫头鹰说:"你就和我学习捕鼠的本领吧。不过田鼠都是夜间出来,你要和我一样,白天睡觉,晚上活动。"话音刚落,猫头鹰突然冲下去,很快又飞回来,而这时他的嘴里已叼着一只田鼠。他的嘴看起来不大,可张开时很大,几下就将田鼠吞进肚子里。

啄木鸟一见,摇摇头说:"这个我可学不了,因为我的眼睛没你好,行动没你敏捷,个头更是比不了。"

啄木鸟接着飞,遇见了正要飞向高空的老鹰。听了啄木鸟的恳求,老鹰说:"我的眼睛能看得很远,我的翅膀特别大,且能飞得高,我的嘴尖利无比且脚有钩爪,适合捕兔、鼠等小型动物,还能帮助人们处理动物尸体。但你体型小,做这种事肯定不行。"

啄木鸟只好再往别处飞去。飞着飞着,他遇见了一只长相奇特的大鸟。只见那只大鸟的嘴又长又尖,喉部还有个大袋子。

"你好!你叫什么名字?"啄木鸟上前问。

"噢,是啄木鸟呀,我叫鹈鹕。"鹈鹕友好地说。

"你有什么本领?能教我吗?"啄木鸟问。

鹈鹕想了想,说:"跟我学抓鱼吧。不难,看到水中的鱼,快速

俯冲下去，用嘴叼上来就行了。吃不了就存到喉部的口袋里。"

"这个我可做不了。我的嘴太小，不会游泳，掉到水里可就淹死了。"啄木鸟连连摇头。

正感到伤心的时候，啄木鸟突然听到有人在说话。他飞过去一看，原来是两只鹦鹉正在一边用像钳子一样的嘴咬碎坚果、用锋利的爪子刨抓果实吃，一边学说人类的语言。啄木鸟觉得他们肯定是非常聪明的鸟，一定能教自己本领。两只鹦鹉听完啄木鸟的来意，说："没问题，跟我们学说话。"可尽管鹦鹉教了无数遍，啄木鸟连发音的方法都掌握不了。

啄木鸟失望极了，不禁哭了起来："我真是没救了！什么也学不会！"

哭声惊动了附近的喜鹊和杜鹃鸟，他们赶紧飞过来看个究竟。听完啄木鸟的诉说，他俩同时笑了起来，说："你的事包在我们身上！我们都会捉虫子。一只杜鹃鸟一个小时能捕捉100多条毛毛虫，喜鹊也是捉虫子高手。我们教你捉虫子的本领准行。"

"你看我有这种天分吗？"啄木鸟还是有些担心。

"能行，因为在这方面，你的嘴和身体比我们还有优势。你的舌头细长又有弹性，像根弹簧刀，能伸出喙外10多厘米长，加上舌尖长着短钩，舌面还有黏液，伸进洞内钩捕害虫正合适。你的趾尖有锋利的爪子，尾羽坚硬，能支在树干上，给身体提供支撑。还有，你的头骨非常坚硬，脑的周围有一层绵状的骨骼，里面有液体，能起到缓冲和消震作用，不管你怎么用嘴使劲敲树木，都不会得脑震荡的。"

啄木鸟一听这话，立即转哭为笑，说："太好了！你们教我吧！"

就这样，喜鹊和杜鹃鸟教起了啄木鸟。这回啄木鸟学得既快又好，捉虫本领很快就超过喜鹊和杜鹃鸟。

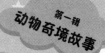

你听,他现在多自信——树林中,他发出嘹亮的叫声,就像人在高声大笑。他是人类的好朋友,人们都叫他"森林医生"。

知识链接

鹈鹕又叫"塘鹅"。它有个长嘴巴,长度可达30多厘米,下嘴壳与皮肤连接处是大皮囊,可以存储食物。鹈鹕全身有细密而短小的桃红色或浅灰褐色羽毛,尾羽能分泌油脂。

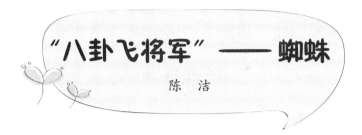

"八卦飞将军"——蜘蛛

陈 洁

南阳诸葛亮,稳坐中军帐。

排起八卦阵,专捉飞来将。

蜘蛛点点正在一棵大树上结网,忽然听到大树的下方传来几个小朋友的声音——原来他们在玩猜谜语的游戏,而谜语的谜底正是他自己。

点点很高兴,因为小朋友们把他比作诸葛亮了。他结网更来劲了。网结完后,他悄悄地爬到树叶中躲藏起来。

点点耐心地等待着,他要消灭更多危害人类、动物、树木和庄稼的害虫。因为人们都喜欢他,他要做更多的好事。

功夫不负有心人,点点终于等到机会了。自投罗网的是一只苍蝇。蜘蛛点点迅速爬过去,用毒牙给他注入毒素,苍蝇立即抽搐起来,不一会儿就昏过去了。点点紧接着又给苍蝇注入了一种特殊的液体——消化酶,将其内部的组织液化后,才大口大口地吮吸起来。

就在这时,大树下猜到谜底的小朋友又说:"你们知道吗?蜘蛛是许多农业、林业害虫的天敌。它还能入药,只有少数蜘蛛的毒液对人畜有害,大多数蜘蛛都是我们的好朋友。"

另一个小朋友知道得也很多,他说了一个故事:"给你们讲个真实的故事:几百年前,一位英国科学家下决心对蜘蛛进行深入研究。他花了大量时间认真地观察蜘蛛。他发现,蜘蛛刚从蛛囊里拉出的细丝是黏液。这黏液经风一吹,很快就变成结实的蛛丝。他想,人应该也能造出'机器蜘蛛',用化学药品抽出丝来织布。他经过无数次试验,终于发明了世界上第一根人造纤维。"

听着小朋友们的夸奖,点点十分开心。

这一天,点点捕获了好多害虫。他实在吃不下,就将吃剩的虫子用网包好,留着下次食用。哈哈,这网还能当保鲜袋用呢!

知识链接

诸葛亮(181~234年),字孔明,三国时期著名的政治家、军事家,时任蜀国丞相。刘备去世后,他辅佐刘备的儿子刘禅。

帝企鹅的一家

姚敏淑

南极洲终年寒冷，每年三四月份进入更加寒冷的冬天，寒冬会持续八个月，一直到这一年的十一月。

寒冬来临，成群结队的帝企鹅恋恋不舍地跳上岸，要离开舒适的海洋家园了。他们很清楚，一路上会遇到可怕的暴风雪，路途又远，这是一次"长征"。但他们谁也不怕，都乐观面对。一开始，他们为了省力，用圆滚滚的肚皮在地面滑行一段，然后用双脚在冰面上一摇一摆地走一段，那样子真是可爱。成千上万只帝企鹅一起"急行军"，你想，那场面多壮观！

他们的目的是寻找安家的地方。安家的地方必须安全，以防贼鸥、海豹等天敌来侵袭，更不能让他们吃掉帝企鹅宝宝。南极洲很冷，贼鸥、海豹不敢来，会安全得多。他们心里明白，自己的防卫能力很弱，所以他们选择在南极最寒冷的冬季产卵和孵蛋。

队伍中的那只雄性帝企鹅一边走，一边和一只漂亮的雌性帝企鹅追逐、嬉戏。他俩都对对方有了好感，不久就成了"小两口"。

历经艰辛，他们终于在一个不错的地方安了家。五月的一天，那只漂亮的雌性帝企鹅产下了一枚蛋。雌性帝企鹅每次只会产一枚蛋，他们要有宝宝了！小两口乐得合不拢嘴。

此时的天气寒冷至极，风雪不断，气温是-40℃。现在要孵出小企鹅，是一件多不容易的事啊！但为了孩子，他们什么也不怕。勇敢

的雄性帝企鹅看着自己的妻子，怜爱地说："你把蛋交给我，我来孵小宝宝。你去找吃的，要多吃点，养好身体再回来。"

"你要注意安全，最好双脚并拢，把蛋放在脚面上，保护好它们。可不能把蛋贴到地面，那样它们很快就会冻成冰块的。"因为帝企鹅妻子在产卵的过程中消耗了大量的体能，早就饿得头昏眼花了，她说完，亲了一下自己的爱人，去找吃的了。

雄性帝企鹅很小心地把蛋放好，再用鼓鼓的腹部的皱皮把蛋盖上，和其他即将做爸爸的雄性帝企鹅们一起，背着风站着，一动不动。

就这样，这只雄性帝企鹅不吃不喝，全身心地孵蛋。时间一天天地过去，差不多过了两个月了。这一天，帝企鹅妻子吃饱喝足赶了回来。此时的她膘肥体壮，比以前胖了许多。也就在这时，他们的宝宝出生了！帝企鹅妻子兴奋地来到丈夫身边，一边亲着丈夫，说着感激的话，一边爱抚地摸着自己的宝宝。

"太辛苦了！你快去找吃的吧，我来照顾孩子，你放心。"帝企鹅妻子非常心疼自己的丈夫。

两个月的孵化期，他什么也没吃，完全靠体内脂肪来维持生命，体重已减少了差不多三分之一。消瘦的雄性帝企鹅连说话的力气都没有了，他匆匆地亲了亲妻子和孩子，快步奔向大海，找吃的去了。

帝企鹅妻子把自己胃中储存的营养物质分解成流质，再吐出来精心地喂养着宝宝。

在爸爸、妈妈的悉心照料下，小帝企鹅长得很快。一个月后，他就能独立行走了。

初生的小帝企鹅浑身毛茸茸的，全身灰黄色，瞪着一对带内圈的小眼睛，走路一摇一摆，可爱极了！长大后，他准是个英俊的"南极绅士"。

小家伙也很聪明,总是问这问那。他问爸爸:"我们是鸟,可是我们不会飞,怎么找吃的?"

"我们有流线型的躯体,擅长滑冰、游泳和潜水,找吃的没问题。"爸爸说。

"我们的羽毛这么短,会冻坏的呀。"小家伙还是有些担心。

"不会的,"妈妈告诉他,"我们是所有鸟类中最能适应水和寒冷的天气的。你看,我们身上的羽毛呈鱼鳞状,均匀地分布着,密度比鸟类要大好多倍呢,而且我们的羽毛能调节体温。它们还会定期更换的,但换毛时,羽毛不会东一块西一块地掉,新的羽毛总是长在旧的下面。另外,我们的皮肤下还有厚厚的脂肪,皮下脂肪同样能抵御严寒。"

听了父母的介绍,小家伙放心了。

不知不觉,小帝企鹅到上幼儿园的年龄了。他的爸爸、妈妈要去寻找更多的食物,好给他提供更丰富的营养,同时小帝企鹅也必须学会自立。幼儿园的老师会教他很多知识,尤其要教他们怎么样防备贼鸥的偷袭,以及如何跃出水面逃避海豹和鲸的追杀。贼鸥真的来偷袭时,老师会发出求救信号,让更多的成年帝企鹅来帮忙,群起攻击敌人。小帝企鹅有时不听话,到处乱跑。老师一点也不客气,会用尖嘴啄他,让他回来。小帝企鹅最高兴的就是爸爸、妈妈来接他回家,小伙伴虽然很多,但只要他一叫,爸爸、妈妈就能准确地找到他。

十四个月过去了,小帝企鹅真的长大了。他离开了父母,自己去找磷虾、鱼、甲壳类和软体动物吃,过上了独立的生活。

知识链接

现存的企鹅共有18种,它们生活在南半球。企鹅的脚趾间有蹼,背部为黑色,腹部为白色,不会飞行。

谁害死了山羊

方 珍

黑狗探长正在上网看新闻。突然，他的助手机灵猴跑了进来，大叫起来："不好了！不好了！山羊太太说她的先生高个子山羊昨天傍晚失踪了！"

黑狗探长"噌"地站起身，说："快叫山羊太太进来！"

山羊太太大哭着进来了，说："怎么办啊，我的先生不见了！你们快帮我找找！"

"别着急，山羊太太，"黑狗探长一边给她倒水，一边安慰她，"你快说说他是怎么不见的。"

"昨天傍晚，他说他要出去探探路，准备今天带我和孩子去吃带露水的嫩草。可他到现在也没回来！"山羊太太抽泣着，说，"我和孩子从昨天晚上一直找到现在，连他的蹄印儿也没见着。他从来不乱跑。听说最近森林里来了狼和鬣狗，会不会出什么事啊？"

山羊太太说完，又大哭起来。

黑狗探长赶紧从电脑中调出山羊先生的照片和蹄印图片，并打印了一份，安抚好山羊太太，便带着机灵猴出发了。

他们询问了不少动物，马和小鹿都说看到过山羊先生曾沿着河边走，还和他们打了招呼呢。

"我们这儿能吃掉山羊的，只有狼和鬣狗。我看，我们还是先调查一下他们。"机灵猴建议。

"说得对,我也是这么想的。"黑狗探长说。

他们首先来到狼的家。狼先生和他的太太正带着两只小狼做捕猎的游戏。他家门前的桌子上放着好几根吃剩下的骨头。

机灵猴一看,指着狼喝问:"你们怎么又去偷猎山羊了?"

狼先生被问得莫名其妙:"我们偷猎山羊可是几年前的事了,不是处罚过我们吗?怎么又来追查这事啊?"

"别装了!"机灵猴不客气地说,"山羊先生昨天失踪了,肯定又是你们干的。你看,吃剩的骨头还在呢。"

"这可是猪骨头,是人们用车子送来的。"狼太太连忙解释,"自从有人投喂我们,我们可是老老实实,从没伤害过别的动物。偶尔出门打猎,也是吃点老鼠什么的。"

黑狗探长走上前,闻了闻,果然是猪骨头。他又用检查仪测了一下狼的口气,证明他们确实只吃了猪肉,并没吃过山羊肉。

于是,他们又找到了鬣狗。鬣狗倒是很爽快:"你们是来调查山羊先生失踪案的吧?这个我知道。"

"是你吃了他?"机灵猴劈头盖脸地问。

"别把不好的事都往我头上赖!"鬣狗白了机灵猴一眼,"告诉你们,他是失足掉进河里淹死的。"

"是吗?他那么大的个子,会淹死?"黑狗探长显然不相信。

"这可是我亲眼所见。我昨天傍晚在树林里散步,看见山羊先生沿着河边走。就在转弯的地方,突然听见"哗啦啦"的声音,我跑过去一看,只见水面掀起波浪,而山羊先生不见了。反正以我的力气和水性也没有办法,我很快就走开了。"鬣狗描述着。

"既然是这样,那你带我们去看看。"黑狗探长将信将疑。

鬣狗把他们带到河的转弯处。果然,他们在这里看到了许多蹄印，经过比对，确实是山羊先生的蹄印。

黑狗探长亲自下水，找了好半天，也没有发现山羊先生的尸体。

"这就奇怪了，如果他是淹死的，就该有尸体啊。"浑身湿透了的黑狗探长觉得不可理解。

他们只好回去接着询问山羊太太，最近有没有和山羊先生争吵过、山羊先生近期有没有什么不顺心的事或反常的表现。

山羊太太对所有问题都是摇头，说山羊先生一直很开心，根本不会自杀。

调查陷入僵局。黑狗探长来回踱着步，分析着每个细节：山羊先生肯定是掉进了河里，因为他的蹄印到河边便不见了，而且河对岸和其他地方都没再出现过他的蹄印。也就是说，他掉进河里后就没再上来过。难道是这条河里的什么动物吃了他？也不可能呀，自从黑狗探长接管这一带开始，这条河就是所有动物饮水的地方，从来没有出现过什么动物吃动物的事件。

"但不管怎么说，问题可能就出在河里！"机灵猴听完黑狗探长的分析，做出这样的判断。

黑狗探长点点头，又和机灵猴来到河边。

黑狗探长仔细观察着水面。突然，他大叫起来："你看，水面有个黑影！"

机灵猴也迅速地向水面望去，"像是树干！"他说。

不一会儿，那东西不见了；过了一会儿，又出现了，而且是向他们这边漂过来。

这一回，黑狗探长看清楚了。"是鳄鱼！快走远点儿！"黑狗探长拉着机灵猴就往树林里跑。

"你刚才说'鳄鱼'？他是种什么鱼？"机灵猴问。

黑狗探长停下来解释说："鳄鱼不是鱼，是脊椎类两栖动物，属于爬行类。鳄鱼还是恐龙家族的成员呢，大约在1.4亿年以前就出现了。因为环境大变，恐龙家族中的其他成员后来灭绝了，但鳄鱼顽强地生存了下来，成为'活化石'。他们有的生活在江河湖沼中，有的生活在温暖的海滨。鳄鱼一般身长4～5米，有很长的吻、扁形的长尾巴、短小的四肢，全身布满角质鳞片。"

"他不是鱼，可我刚才看他还能潜水呢。"机灵猴没见过这种动物。

黑狗探长说："是啊，鳄鱼是靠肺呼吸的，在水中长时间待着就会淹死，所以每隔一段时间要浮上来呼吸。他还是个游泳健将呢，在水里靠长长的尾巴左右甩动游泳。"

就在他们说话时，一只小兔路过水边。黑狗探长和机灵猴还没来得及叫出声，只听"哗啦"一声巨响，鳄鱼冲上了岸。所幸的是小兔跳得快，虽然她被吓得不轻，但没受什么伤害。

小兔跑得没了踪影。机灵猴心有余悸地说："这家伙的进攻速度可真够快的呀！"

黑狗探长长长地舒一口气，说："是啊，他靠嗅觉、听觉和视觉发现猎物。发现猎物后，他会潜入水中，等猎物靠近，然后突然袭击。他能冲到岸上，还能腾空跳到1.5米高。他很有耐心，常常潜伏不动，所以消耗的能量少，吃的东西也少，有时好几个月不吃东西也饿不死。"

鳄鱼上岸后，开始慢慢地爬行着，一扭一扭的，像只蜥蜴。

"这里从来没出现过鳄鱼呀！这家伙是从哪儿来的呢？"黑狗探长决定回去查找他的来历。

为了防止别的动物在这里受到伤害或被吃掉，黑狗探长在河边竖起了很大的警示牌，又通过电台告知了全体森林成员。

广播后不久，水库管理员大象打来电话，说他听说养鳄队在运输鳄鱼途中丢失过一条鳄鱼，他很快会派专业人员前来捕捉。

在树林里，黑狗探长用望远镜朝河边望去，看到鳄鱼这时正在岸边晒太阳。机灵猴觉得很奇怪。

黑狗探长解释说："鳄鱼是变温动物，身体要靠外界温度来平衡。想凉爽，他会躲到树荫下；想暖和，他会到太阳下晒晒。他不能在烈日下暴晒，那样会使他因无法散发体内热量而死亡的。"

机灵猴通过望远镜，看到了鳄鱼在流泪，以为他有伤心事了。

黑狗探长说："其实那是鳄鱼在排泄体内多余的盐分呢。"

就在这时，大象和他的养鳄队员们来了。黑狗探长和机灵猴迎了过去，并带他们来到鳄鱼休息的地方。

"不好意思，让你们受惊了。"大象抱歉地说，"这是只母鳄。你们看，她还在那边的树下做了窝呢，准备下蛋了。她会用嘴收集树叶和草根，用脚和尾巴把收集到的树叶、草根和土垒到一起。叶子和草根腐烂时会散发热量，正好可以帮助孵蛋。"

"样子挺凶的，会不会吃掉小鳄鱼呀？"机灵猴似乎不相信眼前这只鳄鱼会做什么好事。

"你错了！"大象说，"她可是爬行动物中非常称职的母亲。下蛋后她特别谨慎，总是认真看护着，不允许任何动物和人靠近。鳄鱼一次能产下20～40枚蛋，小的像鸭蛋，大的有鹅蛋那么大。小鳄鱼出壳后，要依附在母鳄鱼背上找吃的，半年后就能独立活动了。"

说完，大象指挥养鳄队员们用网罩住鳄鱼，将她拖上车子。

看着被运走的鳄鱼，黑狗探长和机灵猴盘算着怎么去安慰羊太太。

知识链接

鳄鱼是一种冷血的卵生动物。鳄鱼不是鱼,是爬行动物。"鳄鱼"之名,由于鳄鱼像鱼一样在水中嬉戏,故而得名"鳄鱼"。鳄鱼是迄今为止发现的活着的原始动物之一,属肉食性动物。

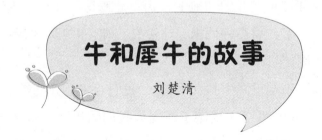

牛和犀牛的故事

刘楚清

牛走向小河，准备先喝点水，再顺便洗个澡。

突然从河里蹿出个怪家伙，那个怪家伙跑了几步后，又停了下来。牛被吓得不轻，仔细一看：只见那个怪家伙的身体异常粗笨，几乎没有长毛，四肢像四根粗而短的柱子，脑袋大而长，颈部粗短，伸出长唇，尾巴细短，身体呈黄褐色，全身还披着铠甲一样的厚皮，头上长着一只角，这角不是长在头顶上，而是长在鼻梁上，头的两侧各长着一只很小的眼睛。

牛被吓呆了，站在那儿一动不动。过了好半天，见他并没有向自己发起攻击的意思，牛才缓过神来，结结巴巴地说："你也是牛吗？怎么有的地方长得和我们像，有的地方又不像？我只是来喝水的，没有别的意思。"

怪家伙见牛没有伤害自己的意思，向前走了两步，说："我们的胆子小，从不伤人的。我们宁愿躲避也不愿意和别人打架。不过你别伤害我，你要是敢惹我，我会把你冲倒，我的力气可大了，能撞翻一头大狮子。"

一听这话，牛胆子大多了。他想：原来眼前这个怪物是个胆小鬼啊。他甩甩尾巴一步步走到犀牛跟前，说："你叫什么？这么大的个子还用怕谁？"

怪家伙说："我叫犀牛，和你们一样，也是哺乳类动物，主要生

活在非洲中南部和东南亚的陆地上。我们爱睡觉,喜欢集体生活。我们体长有两米以上,肩高一两米,体重有三吨左右呢。但我们就是不想和别人打斗啊。"

"那好啊。"牛觉得犀牛脾气不错,"我们一块儿去洗澡吧。"

"太好了,我们可喜欢洗澡了。因为我们的皮肤虽很坚硬,但褶缝里的皮肤是很娇嫩的,里面有寄生虫。要想赶走这些可恶的虫子,我们就要经常在泥水中打滚,在身上涂上泥巴。"犀牛和牛一边说,一边下了水。

就在这时,一只小鸟飞来了,落到犀牛的背上,边"叽叽喳喳"叫边吃起虫子。犀牛看到牛好奇的眼光,忙解释说:"这是犀牛鸟,他来为我清除背上的寄生虫的。他还能为我放哨呢。刚才你走过来,就是他发现的,他突然起飞,大声鸣叫,给我报警。我们都是近视眼,只是听觉和嗅觉还可以。"

牛觉得犀牛有这么好的鸟类朋友真不错,他叹口气,说:"有时虽然也有小鸟给我们捉身上的小虫,但没有像犀牛鸟这么好的朋友。所以,我们主要靠不停地摇摆长尾巴来赶走蚊蝇。当然,泡澡也是个办法,但我们泡澡主要是为了散热。我们的汗腺不发达,皮又厚,夏天真热得受不了。"

"你们身上有毛也不会流汗啊?"犀牛觉得有些奇怪。

"是啊,我们是通过舌头和脚趾来排汗的。所以,我们干活时会张大嘴巴喘粗气,脚下会汗湿一大片。"牛说。

犀牛听着牛说话,看他还咀嚼个不停,正要问呢,牛似乎看出了他的心思,忙说:"噢,我们是反刍动物——就是吃完草,当草在第一个胃消化完,会又回到口部再咀嚼送到第二个胃,依此类推。因为我们有四个胃呢。"

就在这时,犀牛突然"哼哼"叫,还发出一声尖叫。牛抬头一看,噢,原来远处又走来一只犀牛,他是在和同类打招呼呢。可他的朋友长着两只角。牛不禁问犀牛:"怎么,你们的角还不一样多啊?"

"是的,"犀牛说,"我们有的长一只,有的长两只,都是实心的,有的雌性还不长角。我们的角虽然是特别厉害的武器,但却是由毛发构成的,折断或脱落后还能再生。你们牛也不会长得都一样吧?"

"我们都长两只角,角是空心的。但我们的种类就不同了。我们当中包括像我这样的水牛,还有黄牛和奶牛。水牛和黄牛能干重活,犁田、拉车都行,奶牛可以产奶供人们饮用。"牛解释道。

他俩聊得很多,后来还成为要好的朋友,常常一起洗澡。

知识链接

犀牛是现存世界上第二大陆地动物。现存的种类主要有黑犀牛、白犀牛、印度犀牛、苏门答腊犀牛和爪哇犀牛等五种。

小蝇子选择脚

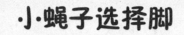

[俄罗斯] 尤·德特里耶夫

　　小蝇子是在清晨诞生的。他一出世，便在林中草地上飞来飞去。他当然不认识他的妈妈，反正小蝇子也不需要父母照顾，他们一生下来就会飞。

　　小蝇子在林中草地上飞呀，飞呀，看什么都高兴。自己会飞，他觉得高兴。他从未考虑过自己的脚好不好。脚就是脚呗，准是挺合适的。但是有一天，他飞到林中草地上一片水洼旁，落在岸边一棵小草上。他看见水面上有一只水黾。这只水黾使他惊讶得差点从草上摔下去。他觉得太奇怪了：水黾伸开脚在水面上跑着，活像在平地上跑一样。

　　"这真是奇迹！"小蝇子想着，向水面飞去。

　　他飞到水面一看，更惊讶了：原来水黾不是在跑，他是用脚在水面上滑行，就像滑冰一样。他用脚一撑，往前滑行一段路；又一撑，又往前滑行一段路。假如中途碰见一片小树叶或一根小树枝，他就跳过去，再接着往前滑行。他怎么滑得这么好呢？小蝇子忍不住大声喊："喂，水黾！请你教我滑水吧！"

　　"我没法教你滑水，因为必须要有三对特别的脚，才能在水面上滑行。"水黾说着，举起他其中的一只像针一样又细又长的脚给小蝇子看。

　　"我们这类昆虫都有三对足，前足较短，中、后足很长。我们前面的腿是来捕猎的,后面的一对腿可以用来控制滑动的方向,中间的一对腿是驱动的腿。"水黾说。

小蝇子看到水黾的脚也不寻常,那脚上还穿着用密密的细毛制成的鞋,鞋上还涂着油呢!

"从哪儿可以弄来这样的鞋呢?"

"哪儿也弄不来,"水黾说,"我一生下来就有。这是从娘胎里带出来的。"

小蝇子叹了一口气。他知道他永远也不能像水黾那样在水面上滑行。

这时,小蝇子忽然听见自己身旁发出一阵水的激溅声。小蝇子吓了一大跳,是谁从水里探出头来望着?等到那个怪物张口说话,小蝇子才认出他是龙虱。

"水黾的脚难道能算是脚吗?!"龙虱粗声粗气地说,"有这种脚,只能在水面上跑,不能在水里游!你瞧!我这种脚才是真正的脚哩!"他说着,抬起后脚来给小蝇子看。他的后脚是扁平的,很有力。"你瞧,有这种脚,到哪儿都有活路!"龙虱一边嚷,一边像用桨划船似地用后脚划起水来。

"这是脚吗?"小蝇子听见从头顶上传来的嘲笑声,"这是桨,不是脚。脚应该是这样的!"原来是一只大蜻蜓在说话,这只大蜻蜓迅速地扇动着翅膀,悬在空中。

小蝇子看见蜻蜓的六只脚是强壮有劲的,脚上长了一层硬毛。蜻蜓张开六只脚的姿势,就好像他在胸下张开了一面捕虫网似的。

"有这种脚,我在空中飞的时候比较容易捉到苍蝇和蚊子。"

"这可了不得!"小蝇子吓得尖叫一声,赶紧把身子贴在地上。

蜻蜓飞走后,小蝇子才敢起来。他又爬到一棵小草上,不知怎么

地感到很难过。他怎能不难过呢？别的昆虫都有那么好的脚，可是他只有最普通的脚，一点意思也没有。

小蝇子钻进一朵风铃草的花里，钻到顶里面去，就睡着了。他做了个梦，梦见自己长出了又细又长的脚，还穿着有毛的鞋，跟水黾的一样。小蝇子用这种脚在水面上飞跑，嗬！太痛快了！小蝇子滑了一会儿，肚子饿了。可是他用这种脚上不了岸。这时，龙虱游了过来，说道："我不是告诉过你嘛，这种脚不好使！还是把我的脚拿去吧！"

小蝇子立刻有了像桨似的扁脚，小蝇子划动着扁脚，潜入水底。脚真好使！不过，在水底没有他所需要的食物：花和小草。小蝇子浮到水面，正好看见蜻蜓飞过。

"亲爱的蜻蜓，请你将你的脚借给我用一用吧！"

小蝇子立刻拥有了和蜻蜓一样的脚，他在林中草地上空飞了一会儿，很快就有一只小蚊子被他的脚网住了。

"哎，我说，小蝇子，"小蚊子尖声尖气地说，"请你放了我吧！我对你有什么用处？"

"我根本不需要你，"小蝇子回答，"我也完全不需要这种脚！"

小蝇子难过极了。我这样岂不是要饿死了吗？这一吓，他醒了过来。他回想着梦中的情景，终于悟出了一个道理："我明白了，我的脚才是最好的脚！"

知识链接

水黾是一种昆虫，就是人们常说的"水马""水蜘蛛"，生活在水面上。水黾能在水面上行走，不会浸湿自己的脚，甚至不会划破水面，捕捉猎物时速度极快。

第二辑
植物王国趣事

天然的"地雷"是什么?植物也分"公"与"母"吗?猪笼草是怎么吃虫子的?"喧宾夺主"的植物是什么?真的有"吃人树"吗?植物中也有"杀手"吗?植物能预测地震吗?……

植物世界的故事引人入胜,绿色王国的童话趣味盎然。

下面的新奇故事一定能满足你的好奇心,也一定能让你学到很多与植物有关的知识。

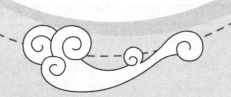

树木之最

费小平

在南美洲的热带雨林中,几个伐木工人将一棵一二十米高、一人都难以围抱起来的大树砍倒了。大家七手八脚将树的枝叶砍去。

这么大的树怎么运呢?他们除了锯子之外,什么工具也没有。

这时,一名身强体壮的男子走了过来,伸开双臂一下子将大树扛了起来,步履轻快地走了。

看到此情此景,你也许感到十分惊讶:这人真是个大力士啊!其实他只是个普通人,并不是什么大力士。他能扛起这棵大树,是因为这棵树并不像人们想象的那么重,而是特别轻,人们叫它"轻木"。

轻木是一种高大的绿色乔木,原产南美洲热带地区。它的生长速度极快,一年可长4米左右,七八年时间便能长成高达数十米的大树。轻木也是个"高个子",有的能长到三四十米高。由于它体内细胞更新很快,所以各部分都异常轻软而富有弹性。

与轻木相反,还有几种又硬又重的大树。

300多年前,俄国与土耳其军队之间曾发生过一场海战。海战在亚速海面上进行。双方都投入了重兵,并派来了大批战船。

当时的战船都是木制的。一开始,双方势均力敌,分不出胜负。但不久,胜利的天平开始倾向俄军。俄军在彼得大帝的指挥下,渐渐掌握了战场上的主动权。他们不断冲击土耳其战船。许多土耳其战船中弹起火。

土耳其海军不甘示弱,他们在统帅的指挥下集中火力攻打彼得大帝的指挥船。随着一声令下,炮弹纷纷打向俄军。可令土耳其将士大吃一惊的是,他们的炮弹一落到俄国人的指挥船上便被弹走了。

土耳其海军大惊失色,没等他们清醒过来,就被反攻的俄国战舰打得落花流水。

那么,彼得大帝到底使用了什么"神招"呢?其实,彼得大帝的船是用橡树制成的。橡树不仅不怕水泡、火烧,而且木质特别坚硬,所以不少炮弹落到船上后都被弹进海中。

实际上比橡树还坚硬的植物还有不少,铁刀木便是其中的一种。在我国的西双版纳便生长着这种树。它的木质十分坚硬,一般刀斧根本砍不动它。如果将它放在水中,它就会像石块一样沉下去。由于它坚硬耐用,还被制成一些机器零件。

我国东北地区还有一种铁桦树,它的木质也特别坚硬,比橡树要硬3倍,甚至比铁还硬。这种树的寿命长,可活300年以上。

知识链接

彼得大帝(1672～1725年),也就是彼得一世,俄罗斯杰出的皇帝。"彼得大帝"是后人对他的尊称。彼得大帝是俄罗斯历史上最伟大的帝王之一。他继位后积极兴办工厂,发展贸易,发展文化、教育和科研事业,同时他还改革军事,建立正规的陆海军,加强封建专制的中央集权制。

猪笼草吃虫子

梁庆华

动物吃植物，这是人所共知的事实。但如果说植物也会吃动物，你会相信吗？

看看下面的猪笼草吃虫子的故事，你一定会相信这是事实。

这是一株长在向阳处的猪笼草。一个风和日丽的日子，猪笼草舒展着叶子，悬挂着自己口部的小口袋，懒洋洋地享受着温暖的阳光。不一会儿，它似乎感觉到有些饿了，便将口部半开着的口袋倾斜着。口袋里散发出一种清香，十分诱人。这香味是从口袋盖子的下面散发出来的，因为那下面有许多蜜腺，能分泌出香甜的蜜汁。这显然是一种引诱小昆虫上当的把戏。

猪笼草静静地等待着猎物上当，以便饱食一顿。

不一会儿，一只小昆虫被香甜的汁液引诱过来了。它也许是太想吃猪笼草的蜜汁了，径直来到猪笼草的口袋边，向里面爬。

小昆虫刚爬到口袋里，一不小心，便像坐滑滑梯一样滑到了口袋的底部。这里对于小昆虫来说即便不是万丈深渊，也是个很深的陷阱。

小昆虫为什么会滑进去呢？原来这倾斜着的口袋内壁有一层蜡质，非常光滑。

这时，猪笼草口袋上方的盖子一下子关闭了，可怜的小昆虫没有吃到猪笼草的汁液，反倒成为猪笼草的美餐。

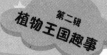

猪笼草没有嘴巴，也没有牙齿，它是怎么吃小昆虫的呢？

原来它那口袋的内壁上有许多突出的消化腺。消化腺能分泌消化酶，就像人的胃分泌的消化液一样，能消化吸收小昆虫。

猪笼草是一种常绿小灌木，主要生长在我国的云南和广东等地。从外表看，它有个独特之处，那就是在它的叶子之间，有一条可以卷曲的细藤，藤上长着个绿色的小口袋。这口袋有点像关猪的笼子，"猪笼草"这名称也就是这么来的。

以小昆虫为食的植物，人们称之为"食肉植物"或"食虫植物"。目前世界上大约有500种食肉植物，我国约有30种。这类植物一般靠鲜艳的色彩、奇妙的香甜味来吸引小昆虫。

食肉植物的捕食方式多种多样，有的靠叶片上的腺毛运动来捕昆虫；有的靠分泌黏液来粘住昆虫；有的是把叶片变成陷阱样来关住昆虫，这些陷阱有的像笼子，有的像口袋或盒子，让昆虫有进无出。

食肉植物为什么要吃"荤"呢？由于这些植物生长的地方常年被雨水冲刷，缺乏氮素养料或其他矿质营养，土壤呈酸性。而这些营养物质对于植物来说是不可或缺的。在这种环境下，这些植物经过长期演化，终于"练就"了捕虫的本领。其实，食肉植物并不是真正的吃动物的肉，而是通过消化酶慢慢地解离动物组织，然后吸收富含动物的组织液。

知识链接

食虫植物一直是人们感兴趣的物种。一位以色列特拉维夫大学的研究员在2009年发表的一项研究成果表明，食虫植物的分泌物中含有抗真菌的化合物。这项研究成果为抗真菌药物研发提供了一条新途径。

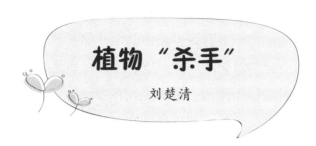

植物"杀手"

刘楚清

在影视剧中,我们常常看到一些杀手,出手非常狠毒。植物界中也有这样的杀手吗?有的。它们虽然不是用真刀真枪去杀死别的植物,但会用自己的方式毫不留情地置其他植物于死地。生长在我国南方热带地区的榕树便是其中一种。

榕树是这样开始它的"杀手"生涯的:它的果实成熟后十分柔软,水分多,又香又甜,吸引了许多鸟来吃。它的种子很小,易被消化掉,随鸟粪排了出去,落到哪里,便在哪里生根、发芽、长大。

如果榕树种子落在了大树下的土壤里,它便在大树下生根、发芽,然后树苗便顺着大树向上爬。

如果种子落在了大树上,也没关系,它也能长大,因为榕树的种子不入土照样能生根、发芽。

榕树的根是气生根,又称"榕须"。这种根非常独特,能够悬挂在树枝上,向下生长,一旦长到了土壤中,气生根便从土壤中吸取水分和养料,从而生长得更快,幼苗便会一天天长大。

长到一定时候,它便露出了自己的真面目,开始绞杀它寄居的大树。

成长中的榕树的气生根越来越多,越来越密,越来越粗壮。它们纵横交错,将它寄居的大树包裹得严严实实。榕树的气生根将它寄居的大树越勒越紧,使其水分和养料输送出现困难。与此同时,榕树凭

借自己的优势，同大树争抢水分和养料，使得大树渐渐枯萎，自己却更加繁茂。

就这样，榕树凶残地将大树折磨至死。而死去的大树渐渐腐烂，又成了榕树的养料。

榕树真是个狠毒而又毫无情面的"杀手"！

在我国云南的西双版纳，有个奇特的"树抱塔"景点，那便是榕树"杀"错了对象而造成的。当初，榕树的种子落在了塔上，气生根便将塔当成大树，顺塔而生，渐渐地将塔包围了起来。可这一次，它是怎么也成不了杀手，塔是不会被它杀死的，除非有一天塔自行倒塌。

在我国的长白山原始林区，也有植物"杀手"。让人感到惊讶的是，这位"杀手"并不是什么了不起的大树，而是些不起眼的低等植物。它的名字叫"松萝"，属地衣植物。俗语说："人不可貌相。"别看松萝只是种低等植物，可它却有自己独特的本领。它会依附红松、白松等植物而生长，而且不断扩大地盘，最终将这些树木包围起来，使树木享受不到阳光的照射，不能进行正常呼吸，同时还为一些害虫提供了活动场所。就这样，一些好端端的树便渐渐地被折腾而死。

你瞧，植物中的"杀手"本领不小吧。

> **知识链接**
>
> 榕树原产于亚洲的热带地区，因树冠巨大，气生根众多，所以有"独木成林"的说法。我国云南与缅甸交界的地方生长着一棵榕树，有500多年树龄了。

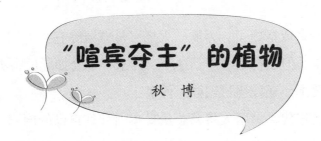

"喧宾夺主"的植物

秋 博

"喧宾夺主"这个成语的本意是指客人讲话的声音比主人的还要大，后来用来比喻客人占了主人的地位，或外来的、次要的事物侵占了原有的、主要的事物的地位。它最初是用来形容人的，可在植物界中这种现象也屡见不鲜呢。

1884年，美国的新奥尔良举办了一场别开生面的棉花展览。为吸引更多的人前来参展、参观，主办者将环境布置得非常美，他们弄来了许多花装饰会场。

这其中有一种叫"凤眼蓝"的水生植物格外引人注目。它被从遥远的南美洲带来。它的花朵如同兰花，呈蓝紫色，颜色鲜艳，形态优美，十分惹人喜爱。人们不约而同地称赞它的美姿，展览结束后，都争先恐后地将它带了回去，种到池塘、水涧中。

很快，北美洲、非洲甚至亚洲、大洋洲都有了它的身影。各地的人们还没有欣赏够它的美貌时，便突然感到它并不是个"乖巧温顺"的"美人"。它的繁殖能力特别强，繁殖速度极快，简直达到了疯狂的程度。

几年的时间，它便占领了许多水塘、河道，速度非常快。又过了几年，人们发觉它已成了实实在在的灾难：它占领了河道，轮船无法通行；它破坏水利设施，影响发电，阻挠人们捕鱼……在美国的路易斯安那州以及非洲的几个国家，人们都惊恐地叫起来："凤眼蓝简直

是可怕的魔鬼!"

人们开始采取措施了:刀砍、火烧、机械清除它。人们为此付出了很大的代价。但当初谁会想到这个"外来客"会如此厉害呢!

同样在美国,还发生过这样一件事:

20世纪30年代,美国人将葛藤从日本引种到自己的国家。葛藤原产于中国,后来传到了日本,这种植物不仅有美化环境的功能,而且能保持水土。美国人在引种葛藤时的愿望是好的,而且在最初几年,葛藤确实发挥了它应有的作用。

可是不久,这个"外来客"便不安分起来。也许是因为美国南部的土壤太肥沃了,也许是因为这里的气候太适宜葛藤生长了,葛藤到这里后疯狂地繁殖起来。只用了二三十年的时间,葛藤便占去了大片土地,而且生长速度不减。这种植物所到之处,别的植物可就遭殃了,许多植物都被它"害"死了。半个多世纪后,葛藤占据了美国几百万公顷的土地,俨然以"主人"的姿态自居。美国人为此大伤脑筋,不得不采取措施,驱赶这个"外来客"。

植物界中的许多"喧宾夺主"现象都是人们的引种不当造成的,所以,我们在引进新品种时切不可盲目而为。

知识链接

凤眼蓝是一种漂浮性水生植物,原产于南美洲亚马逊河流域。它们喜欢阳光充足、温暖湿润的环境,又具有一定的耐寒性。

"五犬花"的传说

张伟雁

植物界中有许多奥秘，有许多新奇植物是世人罕见的，由此引起一些人的误解，也是常有的。

下面这个错改一句诗的故事便是其中一例。

你见过"五犬花"吗？它是我国海南岛上的一种有趣的植物。它那淡紫色的花十分诱人。最有趣的要数它的花心。如果你仔细地看，便会发现，花心的形状如同五只小狗卧在其中一样，十分可爱。人们便给它起名为"五犬花"，这名字既形象又有趣。

在宋朝时，有一位文学家在一本书中看到了这样一句诗"五犬卧花心"，他读了觉得非常不妥。花心有多大？一只狗也容不下，更何况是五只狗。即使是小狗，也不可能躺在花心中呀？

显然，这位文学家是望文生义，他并不知晓还有一种植物叫"五犬花"。于是，他一边笑着，一边将"心"字划掉，改为"荫"。于是那句诗就变为"五犬卧花荫"了。这句诗当然也没有错。

后来这位文学家被贬到海南岛。一天，他看到一种花十分奇特，花心像是由五只小狗组成的。当地人告诉他，这种花叫"五犬花"。

他猛然想起自己曾改过的那句诗来，原来是错怪了诗人。

文学家颇有一番感慨：这世上自己不懂的东西太多了！看来今后下笔要慎而又慎，否则会弄巧成拙、贻笑大方啊。

知识链接

这种"五犬卧花心"的植物,又名"牛角瓜",生长于亚洲和非洲的热带地区。它的茎、叶的乳汁有毒。牛角瓜可供药用,用来治皮肤癣、痢疾、风湿等。

西湖里的蓝藻

孔德兰

孤山寺北贾亭西,水面初平云脚低。
几处早莺争暖树,谁家新燕啄春泥。
乱花渐欲迷人眼,浅草才能没马蹄。
最爱湖东行不足,绿杨阴里白沙堤。

这是白居易的诗《钱塘湖春行》。这首诗以清新、流畅的笔调写出了初春西湖的孤山和白堤一带的美丽景色。

西湖是杭州城西一处著名的风景区,南、北、西三面环山。孤山挺立湖中,白堤、苏堤纵横湖上,这里的"平湖秋月"、"苏堤春晓"更是闻名遐迩。春天一到,岸上桃柳成行,绿草如茵;水中碧波微起,游船悠荡。古往今来,这里的美景引来无数文人墨客。

可就在多年前,西湖中发生了一件奇怪的事。

这一年,西湖的水不再是碧波粼粼了。人们在岸边行走也闻不到花草的香味了,反而有股腥臭味随风一阵阵飘来。游人们兴致大减,也无心去欣赏风景了。

这事很快引起了有关方面的重视。大家首先想到的是水质污染。可西湖现在的污染并不比往年严重。那么腥臭味是从哪儿来的呢?

调查人员很快发现了一个奇怪的现象:西湖中的蓝藻在不知不觉中大量繁殖起来,占据了西湖的大部分水面,使许多游船都无法通行。而西湖水质变差,正是这种蓝藻泛滥导致的。

蓝藻又叫"蓝绿藻",在藻类生物中,蓝藻是最简单、最原始的单细胞生物。蓝藻没有细胞核,细胞中央有核物质,通常呈颗粒状或网状色素均匀分布在细胞质中。它的分布很广,而且繁殖速度很快。

"罪魁祸首"找到了。可人们又感到不解:为什么往年的蓝藻没有大量繁殖,而今年却出奇得多?

答案很快找到了。原来,不久前,为了使西湖更清洁,人们对它进行了疏浚,并把湖里的螺蛳统统掏走了。没有了螺蛳,蓝藻便没有了"敌人",它们便尽情地繁殖起来。因为螺蛳是吃蓝藻的,所以多年来蓝藻一直显不了威风。

原因找到后,人们又向湖中倾倒了许多螺蛳。

之后的几年,西湖中的蓝藻越来越少,水质也慢慢变好了。如今的西湖又显现了往日的美丽面容。

知识链接

蓝藻多于夏季大量繁殖,并在水面形成一层蓝绿色而有腥臭味的浮沫,称为"水华",大规模的蓝藻爆发,被称为"绿潮"。绿潮会引起水质恶化,严重时会耗尽水中氧气而导致鱼类死亡。更为严重的是,蓝藻中有些种类(如微囊藻)还会产生微囊藻毒素,这些微囊藻毒素,除了直接毒害鱼类、人畜以外,也是肝癌的重要诱因。

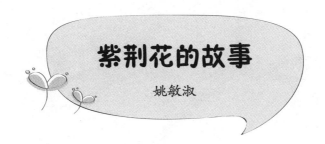

紫荆花的故事

姚敏淑

1997年7月1日，中华人民共和国正式对香港恢复行使主权。举国欢庆，万众欢腾。

在这一盛大的节日里，有一种花特别引人注目，那便是在香港特别行政区的区旗上和区徽中的紫荆花。

关于紫荆花，在《孝子传》等古书中，记载了这样一则动人的故事：

从前有个田姓农民家庭，家里有兄弟三人。三兄弟自幼互助互爱，感情甚笃，从不争吵。所以，三兄弟长大后同室而居，和睦相处。

田家院中有三株紫荆，它们生于同一个根上，长势喜人，枝繁叶密，为田家大院增添了无限生机。这三株紫荆可谓人见人爱，见到的人无不夸赞它们长得好。当然人们因此也联想到那三位人品极好的兄弟，所以人们在欣赏紫荆时也免不了称赞起三兄弟来。

可是有一天，三兄弟之间发生了一件不愉快的事。所以他们决定分室而居，各过各的。说也奇怪，自三兄弟分家后，那三株紫荆便日渐枯萎。一段时间后，眼看它们就要枯死了，三兄弟看着，心中十分着急。

他们也因此联想到了自己，顿时醒悟：树木都有情，况且我们人呢！于是三人又重新聚到一起，彼此互敬互爱，并表示今后一定要患难与共，永远相亲相爱不分离。

三兄弟和好后，院中的紫荆竟奇迹般地复活了，而且长得比先前

更加茂盛，绿荫如盖，香气袭人。

紫荆花的美丽传说一直流传下来，而它也成为团结繁荣、骨肉难分的一种象征。东晋诗人陆机便有诗云："三荆欢同株，四鸟悲异林。"

如今，紫荆花成了香港的区花。那紫荆花红旗便象征着香港是祖国永不分离的一部分，它在祖国大家庭中必将更加繁荣昌盛。白色的紫荆花、红色的旗子，象征着"一国两制"。而花蕊上的五颗星与中华人民共和国国旗的五星相对应，寓意中国大陆与香港密不可分。

知识链接

在第一次鸦片战争中，英国打败了清政府。1842年，清政府代表与英国签订了不平等的《中英南京条约》，香港被割让给了英国。1898年6月，清政府又把九龙半岛界限街以北地区及附近262个岛屿，租给了英国，租期99年。1997年7月1日，中华人民共和国正式对香港恢复行使主权。

"猫与三叶草"的故事

易乃娣

《物种起源》是伟大的生物学家达尔文最杰出的著作。在这部伟大的著作中有个著名的故事,那便是关于"猫与三叶草"的故事。

三叶草是一种优良牧草。照理说应该是三叶草长势茂盛,养牛业就会发达,牛肉也会便宜。可达尔文却说,如果猫一多,英国的牛肉就会便宜。

你也许会觉得这是个奇怪的结论,但看了达尔文的解释你就会明白了。三叶草是豆科植物,它有个特征,即花管较长,一般蜜蜂无法采蜜,只有一种长嘴蜂才能采到它的花蜜,从而为它传粉。所以,三叶草要想有好的长势,必须要有较多的长嘴蜂帮忙。可偏偏有种田鼠爱吃长嘴蜂的幼虫和蛹,因此只要田鼠多了,长嘴蜂的繁殖就会受到影响。而要想减少田鼠的数量,就只有多养猫。这样,猫便与牛肉的价格联系起来了。

可故事并没有结束。一位德国学者却打趣地说:"如果这样推论,猫与英国海军还有关系呢。因为猫多了,田鼠就少了;田鼠少了,长嘴蜂就多了;长嘴蜂多了,三叶草就茂盛了;三叶草长势好,牛便长得壮;牛的数量多,牛肉也就充足了,而牛肉罐头恰恰是英国海军的重要食品。这么说来是猫养活了强大的英国海军。"

杰出的生物学家赫胥黎则认为,英国的强大得益于那些终日无所事事的、数量庞大的老妇人。因为英国的强大主要靠海军,而养猫的

主要是老妇人。因为她们感到寂寞，常养猫为伴来消磨时光。

猫与三叶草的故事竟有如此丰富的内容！这其中虽然有开玩笑的成分，但不无科学的道理。

自然界的生物之间就是这样巧妙地联系在一起，并和谐相处的。

新西兰最初引种三叶草时便是这样。三叶草刚被引种到新西兰时并不结籽，不繁殖。人们感到很奇怪，后来才明白是因为当地没有长嘴蜂可以为它们传粉。于是，他们又引进了长嘴蜂。从此三叶草不仅在新西兰"安家落户"了，而且还"人丁兴旺"。

知识链接

达尔文（1809～1882年），英国人，世界闻名的生物学家、博物学家。他的"进化论"认为，生物物种是由少数共同的祖先，经过长期自然选择后演化而成的。《物种起源》是他的代表作。

植物与地震

梁庆华

我们知道,不少动物在地震前都有异常反应。可你是否知道,许多植物在地震前也有异常反应。

有人认为,世界上约有30万种植物会在震前出现异常反应,有的出现早些,有的出现晚些,而且反应的方式也各不相同。有的是在震前一年就出现异常反应,有的则是在震前几个月、几天甚至几小时出现异常反应,而这些异常反应与别的灾害对植物造成的影响是不同的。

据说1976年,日本地震俱乐部的会员观察过含羞草的反应。含羞草是一种感觉特别灵敏的植物。他们观察发现,震前的含羞草的叶子出现了反常的闭合现象。

1970年,我国宁夏回族自治区的西吉县发生过一次地震,人们在震前发现了一个怪异现象:震前一个月左右(还是初冬季节),在离震中60余千米的隆德,蒲公英突然开起了花。

为什么植物在震前会有异常反应呢?

这与震前的地层发生的一系列变化有关。地震是有孕育过程的,震前的地电、地磁、地下水等都会有一定的变化。植物会改变常态以适应条件变化,从而产生了一些异常反应。

关于震前植物的变化,日本鸟山教授的研究很有意义。他通过测定地震前植物体内的微电流变化而预测地震。

1978年6月12日，日本宫城县海域发生了一次7.4级的强烈地震。在这次地震的前后，鸟山教授观察研究了豆科植物合欢树的变化。6月10日之前，鸟山教授测得的合欢树的电流都是正常的，可在10日、11日，仪器显示的电流变大了许多，12日中午，电流又一次增大。不久，也就是12日下午5时多，地震发生了。地震持续一段时间，随着余震的消失，仪器测得的电流也恢复正常水平。

　　关于植物变化与地震的关系，还有许多问题值得研究。植物对预测地震的贡献会有多大，还有待进一步研究来证实。

知识链接

　　地震俗称"地动"，是地壳运动的一种特殊形式，也是一种自然现象。由于地壳运动，使得地球表层快速震动，地壳急速释放能量，从而发生震动，并产生地震波。

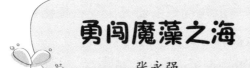

勇闯魔藻之海

张永强

1492年是世界航海史上有意义的一年。就在这一年，探险家哥伦布开始了寻找新大陆之旅。他的船队在烟波浩渺的大西洋上航行。半个月后的一个黎明，一件奇特的事情发生了：他的船只航行速度慢了下来，渐渐地几乎停止前进。这就奇怪了，难道是船只出现了故障？

哥伦布正想去问个究竟，便有船员来报："前面好像是陆地，我们好像找到新大陆了！"

"噢？"哥伦布感到十分惊讶，"怎么这么快就找到了新大陆？"

还没等哥伦布看出个究竟，人们的欢呼声突然停止。接着又有人来报："不好了，我们的船被海草包围起来了！船开不了了！"

"什么？海草也能将船包围住？"哥伦布好生奇怪。他一边说，一边来到船边，一看才明白，他的船队驶入了海草丛生的区域。他放眼望去，四周是一片褐色的海草。它们异常繁茂，令人望而生畏。船下的海水不再是蔚蓝色的，而是黑色，还散发出一阵阵令人作呕的腥臭味。但最让他惊愕的是，那些海草竟然像蛇一般不知不觉地爬到了船上，而且它们具有很强的吸附性，非得使劲才能将它们从船上掀掉。

哥伦布意识到事态的严重性，他一面命令船员们用刀将船上的海草斩断，一面指挥船只向海草稀少的水域前进。可那些海草依然像恶魔般紧紧缠绕着船只。

经过许多天的艰苦奋战，船队终于摆脱了海草的纠缠。

哥伦布的船队能冲出这片海域算是幸运的，因为后来不少误入此处的船只很少逃脱。因此，人们将这片海域称为"魔藻之海"。

这片水域位于大西洋的中部、西印度群岛的东北部，西经35°与70°、北纬20°与35°之间，它是北大西洋中的一片特殊的水域。这片水域中生长着一种叫"马尾藻"的海草。这种海草很奇特，没有根，但有细小而呈浆果状的气囊，因而能漂浮在海面，并随风和洋流而移动。由于这里的海草具有极强的黏性，加之它们丛生密集，在帆船时代，不知有多少船只被它们死死缠住。而往往船上的人因缺少淡水和食品而无一生还。于是，人们把这片海域称为"海洋的坟地"。

也许是哥伦布的故事吸引了很多爱探险的人们，曾有不少探险者勇闯马尾藻海，留下了许多动人的故事。

巴库福特是一名英国的航海爱好者。1926年，和5位同伴勇闯马尾藻海时，他还是个大学生。这年暑假，他们这支冒险小分队驾驶着一艘名叫"普罗·斯卡伊"的帆船，从英国的普利茅斯港向大西洋进发了。

起初的几天，一切都十分顺利，海风不起，波涛不惊。船上的年轻人感到非常快乐。他们一边谈论着自己的"创举"，一边欣赏着海上美丽的景色。可几天后的一个夜晚，海面上突然刮起狂风，大雨倾盆，汹涌的海浪不时地将他们的帆船掀得老高。风声、雨声、波涛声震撼人心。巴库福特和伙伴们各司其职，尽可能控制住帆船，不让惊涛骇浪吞没了它。经过三天三夜的顽强拼搏，他们终于脱离困境。暴风雨平息了。

然而平静的海面并没有给他们带来平静的心情。因为他们的船只经过三天三夜的残酷折磨，已变得不像样了：船舵没了，桅杆断了，帆船只剩下一具"空壳"。他们失去了"主人"的地位，再也无法控

制它了，只能听从它的摆布。

小船在海面上漫无目的地漂浮着，随波逐流。这群年轻人沉默了，望着远方发呆。每个人的脑中都在设想着未来的情形：也许这只船能漂到陆地上，也许它能遇上过路的船只，也许它会漂进马尾藻海……

"如果漂进了马尾藻海……"不知是谁小声嘀咕了一句，那我们只能静静地等待着命运的安排了。

可他们不愿看到的事还是发生了。

这天早晨，当他们睁开眼时，个个都被眼前的景象惊呆了：他们的小船前方全是密密的海草，那些褐色的海草散发出呛人的腥臭味，顺风飘来。

"小船漂进马尾藻海了！"他们不约而同地惊叫起来。很快，小船的四周全是海草。突然，巴库福特发现甲板上不知什么时候游来了几条蛇。他无意中触到了蛇的身上，吓出一身冷汗。他惊叫着跳了起来。他的几个同伴也吓得浑身直哆嗦。待他们镇静下来仔细察看时，发现那不是什么蛇，而是一些海草。巴库福特和同伴们立即找来木棍，使劲敲打着海草，直至将它们打成糨糊状。

小船在水中动弹不得，而那些海草还在不断地向船上蔓延，似乎要吞没这只船。情况非常不妙，他们陷入了困境。

"我们不能在这里等死，得想法逃出去！"巴库福特对伙伴们说，"我们应立即放弃帆船，放下救生艇，也许还能逃出这个鬼地方！"

大家默默地点点头，因为这是唯一的办法了。大家放下救生艇，在茂密的海草中艰难地划行。

一天，两天，他们个个都累得筋疲力尽。直到第三天，他们才摆脱了海草的纠缠，来到了海草较少的水域。

他们虽然累得支持不住了,但谁也不敢停下来。又不知过了多久,这群冒险者终于冲出了危险海域。

他们激动万分,以至于泪流满面。

后来一艘外国货船发现了他们,将他们带回了国。

知识链接

马尾藻海又叫"萨加索海",水域面积五六百万平方千米,围绕着百慕大群岛,与大陆毫无瓜葛,所以它名虽为"海",但实际上并不是严格意义上的海,只能说是大西洋中的一个没有岸的特殊水域。

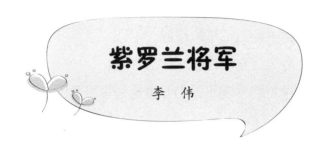

紫罗兰将军

李 伟

"紫罗兰将军"是谁？也许知道的人并不多，但提到拿破仑，就很少有人不知道了。

拿破仑被称为"紫罗兰将军"，这是为什么呢？这里还有个有趣的故事呢。

众所周知，拿破仑是法国历史上的一位风云人物，也是欧洲历史乃至世界历史舞台上的一位关键人物。他对紫罗兰的爱，超过了对其他所有花卉的爱。在他的前庭后院乃至室内，到处都有紫罗兰的美姿。正因为如此，他才有了"紫罗兰将军"的称号。

据说1814年法兰西第一帝国被推翻后，拿破仑被流放到厄尔巴岛。走时，他信心十足地宣称："我会在紫罗兰盛开之时回来的！"

果然，第二天春天，当法国大地上紫罗兰盛开的时候，拿破仑领兵杀回来了。他将路易十八赶下了台，登上了帝王的宝座。这时，欢迎拿破仑的人们手中都拿着紫罗兰花。也许是受拿破仑的影响，当时的许多人都对紫罗兰情有独钟。

但是，好景不长。1815年6月，英国、俄国、普鲁士、奥地利等国联军结盟攻打法国。在滑铁卢之战中，拿破仑大败。之后，他被流放到大西洋南部的圣赫勒拿岛。

厄运降临到拿破仑身上，同时也降临到种紫罗兰的人身上。种植紫罗兰的人，在当时被视为对帝国的怀念和对拿破仑的倾慕，因而

会被问罪，要被关进牢中，甚至杀头。人们视紫罗兰为恶魔，避之不及。

实际上，紫罗兰不过是种植物。让这种不存在感情的植物卷进政治漩涡中，实在有些可笑。

知识链接

紫罗兰，十字花科。两年生或多年生草木，全株被灰白色短密的星状毛。叶互生，匙形或长椭圆形，全缘。春季开花，花紫、红或白色，有香气，顶生总状花序；花瓣四枚，也有重瓣的。果为长角果。原产欧洲南部，中国各地都有栽培。供观赏。

第三辑
大自然寻秘

　　沙漠中的"饮水站"是什么样儿的？海滩上发光的脚印是什么？小猪的生日聚会谁参加了？大栌榄树与渡渡鸟有什么关系？植物真能成为"探矿家"吗？"鬼火"是什么？地球清洁工又是什么？……

　　寻找到这些问题的答案，你也就完成了一次愉快的大自然之旅。

　　在大自然中寻找奥秘，其乐无穷。

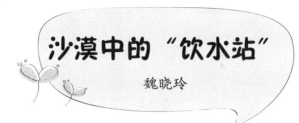

沙漠中的"饮水站"

魏晓玲

一群国外旅行者来到位于非洲大陆的马达加斯加岛。一天，他们要到沙漠地区去玩。临行前，大家都说："今天应该多带些水，否则一定会口渴得受不了。"

可当地的导游却说："大家带上杯子就行了，水就不必带了。"

大家很奇怪。导游却神秘地笑着说："到时会给大家一个惊喜。"

大家玩了几个小时，在烈日下实在口渴难忍。不少人开始抱怨："我们说要多带些水吧，可导游偏说不需要。现在怎么办呢？"

导游听了大家的话，笑容可掬地说："大家不必担心。我这就带大家到'饮水站'去，让大家喝一种奇怪的水，保证大家喝完之后能解渴。"

大家心中直犯嘀咕，猜想："这导游可能是要带我们去开水供应站，为供应站拉生意。"但口渴难忍，只得跟着去。

不一会儿，导游将大家带到了一排高大的树前，对大家说："我说的'饮水站'到了，就是它们——这些高大的植物。"

大家面面相觑，不明白导游的意思，心想：导游大概是叫大家"望树止渴"吧？

导游看出了大家的疑惑，便一边掏出刀子，一边说："大家看我的！"

只见导游来到树下，拿着刀子朝着一棵大树的叶柄基部划了一刀。啊，奇迹出现了：一股干净的水流了出来，一会儿便接了一杯。

大家惊奇地瞪大了眼睛，有的甚至张大嘴说不出话来。

"请喝吧！"导游举起杯子说。

这群口渴难忍的旅游者纷纷来到树前，拿刀子在这些大树的叶柄基部划口子，接水，饮用。啊，清凉极了！大家赞不绝口。

喝好了，大家又为划破了这些树而惋惜，可导游却坦然地说："没关系，它会自动长好口子的，只要一天时间就长好了。以后照样能贮存雨水。"

大家一边仔细地打量着这个庞大的"饮水站"，一边听导游介绍："大家别看它们长得这么高大，可它们并不是树，而是草本植物。它们的名字叫'旅人蕉'。至于这个名称的由来，我想不用我介绍，大家一定能猜到。这种植物的别名叫'饮水站'，这个名称的来历大家也一定清楚。"

"为旅行者供水！"大家不约而同地叫起来。

导游笑了笑，说："对！正由于它有这么大的作用，所以马达加斯加人把这种树誉为'国树'。它可真不愧对这个称号！旅人蕉主要生长在非洲马达加斯加的热带地区，又被称为"扇芭蕉"。旅人蕉"身材魁梧"，最高的能长到27米以上，它的叶子长的位置很特别，只长在顶部，很大，呈扇形，像香蕉一样，长达四五米。叶柄基部像个大杯子，能容下1升的雨水。它开白色的花，花朵特别大。种子呈淡蓝色。"

一天的旅游结束了。而这一天留给大家印象最深的当然是"饮水站"——旅人蕉了。

知识链接

马达加斯加属于非洲岛国，位于印度洋西部，隔莫桑比克海峡同大陆相望。由马达加斯加岛及其沿岸圣马里等小岛组成，面积62.7万平方千米。人口1 899.6万（2007年），首都塔那那利佛。东部属热带雨林气候，中部为热带高原气候，西部属热带草原气候，年平均气温26℃。岛上动植物种类繁多，著名的有狐猴、马岛灵猫、旅人蕉、凤兰等。

小猪的生日聚会

李 德

小猪的生日快到了，就在明天，猪爸爸为他准备了各种水果和蛋糕。

"你可以邀请你的好朋友一起来玩呀。"爸爸建议。

"是啊，我也是这么想的。我马上就去邀请。"小猪高兴地说，同时在爸爸的脸上重重地亲了一口。

猪爸爸开心地笑了。

第二天晚上，小猪的好朋友——小羊、小兔、小猫、小鹿、小猴都来了，围了一大桌。大家边吃东西边说话，开开心心，场面好不热闹。

吃完了水果和点心，该吃生日蛋糕了。

猪爸爸点燃了生日蜡烛，大家一起唱起了《生日歌》，祝小猪生日快乐！

小猪的脸笑成了一朵花。就在他准备吹蜡烛的时候，小猪嘟囔了一句："要是有烟花就更好了。"

"你别想了，现在不是春节，是不允许放烟花的。再说，这是在家里，又不是在外面。"小羊告诉小猪。

"我有办法！"站在小猪身后的猪爸爸突然说了一句。大家都扭头看着他，想听他说出自己的好主意。

可是猪爸爸神神秘秘地什么也不说，他上前拿起桌子上大家剥下

的橘子皮。大家不明白他要做什么，都好奇地看着。

"大家看好了，我现在要放烟花了。"猪爸爸一边整理橘子皮，一边说。

大家都以为猪爸爸是在开玩笑呢，就笑着说："哈哈，猪爸爸是要摆一排橘子皮当烟花呀！"

"才不是呢，我是要燃放烟花噢！"猪爸爸说着，把橘子皮靠近蜡烛，然后用双手用力挤压橘子皮。

奇迹真的出现了！伴随着"噼啪"声，橘子皮真的冒出了小火花！大家兴奋得大叫起来："放烟花啦！放烟花啦！"

猪爸爸一连拿了好几块橘子皮，"噼噼啪啪"地放起烟花来，乐得小猪和他的伙伴们又是笑又是跳。

生日会上有烟花，小猪心里别提有多高兴了。

"那么，这橘子皮为什么能冒出火花呢？"大家七嘴八舌地问猪爸爸。

"噢，看来你们都是好学的好孩子。"猪爸爸很高兴，说："这是因为橘子皮中含有植物油，当它靠近蜡烛时，我用力把皮里的油挤了出来，这种油具有挥发性，接触到火苗就燃烧起来，所以就冒出漂亮的小火花了。"

"原来是植物油在起作用啊！"大家都明白了。

因为学到了新知识，小伙伴们都很开心。他们围着蛋糕许下心愿，然后一起帮小猪吹灭了蜡烛。

接着，他们在欢笑声和歌声中吃着香甜的蛋糕。

多有意义的生日会啊！

知识链接

从橘子上剥下来的果皮就是橘子皮,风干一年以上,称为"陈皮"。性温、味苦辛,功能理气、化痰、燥湿、健脾,主治胸腹胀满,咳嗽痰多等。

大栌榄树与渡渡鸟

黄 伟

在一片茂密的大栌榄树树林中,一群人牵着猎犬、端着长枪在奔跑。在他们的前面,是几只体型肥大的渡渡鸟。它们一边跑,一边哀叫。由于身体过于肥胖,它们的行动显得非常缓慢。它们虽然长着一对翅膀,可早已退化了,无法飞行。

枪声响了,猎犬扑上来了,它们绝望地叫了几声,扑倒在地。

这事发生在16世纪的毛里求斯。那群持枪追赶渡渡鸟的,便是以征服者自居的欧洲人。自从这些欧洲人来到大栌榄树树林,渡渡鸟便再也没有安宁的日子了。它们被成群成群地猎杀。在100年左右的时间里,成千上万只渡渡鸟死于枪下。

到了1681年,毛里求斯大栌榄树树林里的最后一只渡渡鸟也被杀害了。人类从此再也无缘见到这种鸟了。

渡渡鸟灭绝了,可为此最伤心的似乎不是人类,而是大栌榄树。昔日的渡渡鸟总是在大栌榄树树林中活动,给林子增添了无限生机、无穷乐趣。渡渡鸟灭绝后,人们再也见不到大栌榄树长出新苗了。日复一日,年复一年。老树死后,再也没有新树补充。林中的大栌榄树也愈来愈少。

是大栌榄树怀念渡渡鸟而不愿再生吗?是大栌榄树与渡渡鸟有着一种特殊关系吗?人们在猜测,科学家在探讨。

到20世纪80年代,有人作了统计,整个毛里求斯只剩下13棵大栌榄树了。这种昔日树叶茂盛、枝干挺拔、质地坚硬的"硬汉",而今变得寥若晨星、毫无生机了。它即将如渡渡鸟一般,与人类"诀别"了。

人们呼吁拯救这种濒临灭绝的植物,科学工作者也感到这是自己义不容辞的责任。

在渡渡鸟灭绝300年后的1981年,一位名叫坦普尔的美国生态学家前往毛里求斯,他决定要找到拯救大栌榄树的办法。他查阅了许多资料,并进行了实地考察。

经过一番努力,他发现当地的吐绶鸡与渡渡鸟有某些相似之处。这种吐绶鸡体型较大,也不会飞行。

坦普尔从仅有的十几棵大栌榄树上摘下一些成熟的果实,让吐绶鸡吃下。吐绶鸡吃下的种子没有被消化,随粪便排下来。坦普尔小心地找出这些种子,比较后他发现,在吐绶鸡的体内"旅行"一趟后,种子的外壳比先前薄了许多。坦普尔试着种下这些种子,并进行精心培养。没过多久,奇迹出现了,这些种子竟然发芽了!

坦普尔喜出望外,他终于找到了大栌榄树与渡渡鸟之间的关系了。原来渡渡鸟与大栌榄树可谓是相依为命。鸟吃树的果实时,同时也吃下树的种子,而树的种子恰好又需要被鸟的嗉囊研磨后才能发芽。它们建立了这种相互依赖、共生共存的关系。

谜底终于被揭开了,拯救大栌榄树的方法终于找到了。

知识链接

火鸡亦称"土绶鸡",它们原产于美国和墨西哥,栖息于温带和亚热带森林中。野生火鸡喜栖息于水边林地。土绶鸡喜欢群居生活,性情温顺,行动迟缓。它们以植物的茎、叶、种子和果实等为食,也吃昆虫等,偶尔也吃蛙和蜥蜴。

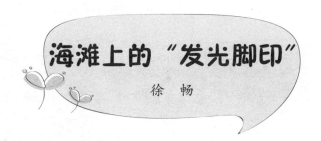

海滩上的"发光脚印"

徐 畅

这是发生在18世纪非洲新几内亚岛上的故事。那时的新几内亚被荷兰殖民者统治着。

这是一个伸手不见五指的黑夜。躲在海滩边一座城堡里的荷兰殖民者感到格外恐惧,因为他们的统治总是不断地遭到当地新几内亚土著人的反抗。在这样一个黑夜,他们不得不格外瞪大眼睛,以防遭到偷袭。士兵们站在城堡顶上紧张地盯着远方。外面狂风怒号,海面上波浪翻滚。汹涌的海浪冲击着海岸,发出可怕的震天动地的声音。站岗的士兵心神不宁,显得格外紧张、惧怕。突然,他惊恐地大叫起来:"不好了!快来人啊!沙滩上出现怪物了!"

他的喊声惊动了城堡里的所有士兵,大家立刻穿上衣服,拿起武器,都以为是土著人来偷袭了。可他们来到城堡边向下看去,发现沙滩上出现的并不是人,而是一长串发光的脚印,由远而近,从海中一直延伸到城堡下。

"天哪!这是什么东西?"士兵们惊讶地说。

为了探个究竟,荷兰军的一个头目派出几个胆大的士兵走出城堡,让他们去看一看到底有没有人。士兵们荷枪实弹,胆战心惊地察看了好半天,但什么也没有发现。

"那可能是魔鬼的脚印!"

"海滩上出鬼了!有鬼在捣乱!"

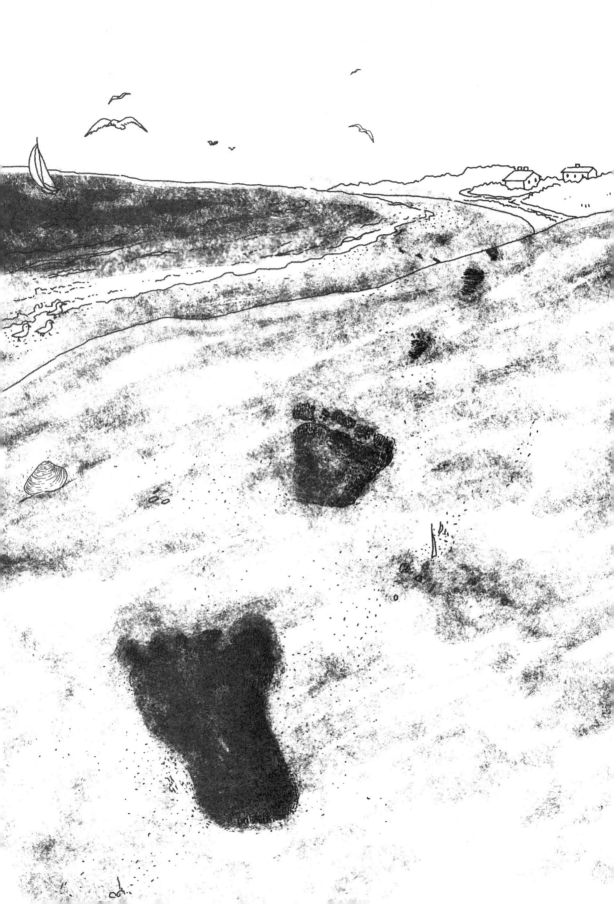

大家议论纷纷，都感到惊恐不安。有的人甚至在描述着魔鬼的可怕的样子。连续许多天，大家都在议论那些发光的脚印，都在想象着可怕的魔鬼。

不久，又是一个黑夜，狂风大作，波浪滔天。这天晚上值班的是个高个子荷兰士兵，他一向以胆大出名。所以尽管夜黑风高，他还是大胆走出了城堡。他要将停泊在海边的船系牢，不让风浪将它们冲走。他想找个伙伴陪着，可谁也不敢陪他一块儿去。大家只是站在城堡上看着他来到海滩。当那个胆大的士兵走在海滩上时，城堡上的人惊奇地发现，他每走一步，身后便留下一个发光的脚印，不一会儿，一长串脚印便形成了。

大家先是一愣，接着便议论开了："原来是他将魔鬼引来的！他一定与魔鬼有联系！"军官听了大家的议论，也相信了大家的话，于是他命令：不要让这个士兵进城！

那个士兵来到城门前，可城门紧闭，任他怎么叫也没人来开。

这时城里的士兵叫道："你这个魔鬼，快走开！"

高个子士兵这才明白过来，原来大家将他与魔鬼联系起来了。他解释了好半天，军官才决定，派几个人和他一起到海滩上去看一看，证明他与魔鬼确实无关。

几个士兵随着他一起又一次来到海滩上。城堡上的人们感到更加惊奇了：每个人的身后都留下了一长串发光的脚印。那个士兵是清白的。看来那发光的脚印是人的脚印，而不是什么魔鬼的。接着大家纷纷出城试着走一走，结果许多串发光的脚印形成了。

其实，那些发光的脚印不是什么魔鬼在作怪，而是来源于一种叫作"甲藻"的海洋植物。甲藻体内含有荧光素，当它遇到人们踩踏而受到刺激时，便会发光。甲藻很小，小得肉眼都看不到。它们都是被

海水冲到海滩上来的。

知识链接

甲藻是一种具有双鞭毛的单细胞集合群植物，淡水和海水中都有生长。在光照和水温适宜时，甲藻能够在短时间内大量繁殖，与硅藻一样，都是海洋动物的主要饵料，故有"海洋牧草"之称。

"鬼火"是什么

东 华

天黑了,小猪嘟嘟不敢独自走回家,猎狗汪汪便送他回家。

汪汪走在前面,嘟嘟拿着手电筒跟在后面。他们一边走,一边聊着天。不一会儿,他们走到一片墓地。这里的墓一座接一座,有的上面还飘着白色的东西,小虫儿偶尔叫几声,愈发显得安静,也更增添了几分恐怖感。

嘟嘟本来聊得很开心,但到了这里,他不说话了,还四下里张望。

突然,嘟嘟一回头,大叫了一声,撒腿拼命往前跑,边跑边叫:"汪汪,快跑!不好了!有鬼!"

汪汪也被吓得不轻,但听到嘟嘟叫"有鬼",他反倒不紧张了。他紧跑几步,一把拉住嘟嘟,问他是怎么回事。

嘟嘟浑身哆嗦着说:"你回头看看,不远处有鬼火在闪!别拉我,快跑啊!"

汪汪回头仔细看了看,过了一会儿,他不禁哈哈大笑起来:"我当是你看到老虎了呢,瞧把你吓得!哪有什么鬼火!"

"那不就是的吗?发出蓝光。"嘟嘟用手指了指,"它还会移动呢。"

就在嘟嘟说话时,那团小火又灭了。

汪汪让嘟嘟站好,认真地说:"那不是什么鬼火!这世界上根本就没有什么鬼,哪来的鬼火?刚才我观察了一下,那火闪着蓝光,还

会移动,不像灯光,也不像物体燃烧发出的光。那是磷火。"

"磷火?哪儿来的磷火?"嘟嘟不解地问。

汪汪看嘟嘟两腿抖个不停,就让他靠着自己坐下来,他耐心地给他解释:"人体当中,绝大部分是由碳、氢、氧几种元素组成,但还含有其他一些元素,像磷啊、硫啊、铁啊,等等。人体的骨骼里含有不少磷化钙。人死后,被埋到地下,躯体腐烂了,就会发生一些化学反应。像骨头里含的磷,会与水或者碱发生反应,产生磷化氢。磷化氢是一种气体,燃点很低,磷火就是磷化氢遇到含有其他磷的氢化物,自燃时发出的光。"

"那它为什么还会移动呢?"嘟嘟听了汪汪的话,紧张的心情放松了不少,说话也不像刚才那样结结巴巴了。

"因为它的重量很轻,风一吹当然会移动啊。"汪汪说。

"怪不得刚才那火光不像是人们在烧东西发出的呢。"小猪嘟嘟自言自语地说。

"你说对了。"汪汪接着说,"磷化氢形成后,有时会沿着地下的裂痕或者小洞冒出来,燃烧后会发出蓝色的光,而且常常出现在夏季。因为夏天天气炎热,温度高,磷化氢比较容易形成。"

"这东西真的很可怕。"嘟嘟嘟囔着。

"是啊,也不能怪你怕成那样。这阴森森的地方,谁见了都害怕。"汪汪说,"你今天见到的还不是最可怕的现象,这种磷火有时还能追着人走呢。因为磷火很轻,如果有风或人走动时会带动空气流动,磷火就会跟着一起飘动起来,甚至会伴随人的步伐,你快它快,你慢它慢,你停下来,空气不流动了,它也就停下来了。"

"这东西还是不要再让我碰见吧。"嘟嘟站起身来说。

"我们不要迷信就行。要知道,世界上根本不存在什么鬼,当然就没有'鬼火'了。磷火只是一种化学反应现象，是自然界里出现的正常现象，没什么可怕的。"汪汪说着，拉起嘟嘟往前走去。

知识链接

磷化氢，无色气体。有芥子气味。性剧毒。微溶于冷水，不溶于热水，溶于乙醇和乙醚。不稳定，加热即分解，在空气中即自行燃烧而放光。由磷化钙或其他磷化物进行水解即得。用作催化剂和制有机磷化物。

地球清洁工

澳大利亚民间故事

动物环境保护站要招收一批清洁工。一听到这个消息,很多动物都争先恐后地跑来报名。

主考官是大猩猩,他跟前来报名的动物们打招呼说:"你们好啊!""你好,主考官先生!"动物们齐声应答道。

"你们都来报名,我很高兴啊!可是,你们都有些什么本领呢?"

"我说!""我说!""我先说!"动物们七嘴八舌地抢着回答,考场上顿时乱成一团。

"静一静,静一静",大猩猩站起来维护秩序,"你们不要吵,一个一个地说。"

"那我先说。"小海鸥说道。

"好,小海鸥先说。"大猩猩笑着说。

"我呀,能把人们坐船的时候扔到海里的剩饭剩菜全都吃掉,所以我做海洋清洁工最合适了。"小海鸥得意地说。

"嗯,说得好,你呀,就做海洋清洁工吧!"动物们拥上来向小海鸥表示祝贺。

大猩猩说:"下一个该谁说啦?"

"那我来说吧!"小鲫鱼羞答答地说。

"好,就让小鲫鱼说吧!"大猩猩说。

"我呀,生活在淡水里,河里的水草、水虫、垃圾都是我的食物，我可以做淡水清洁工。"

"好！"大猩猩满意地点着头，"那你就做淡水清洁工吧，下一个谁说呀？"

"我来说。别看我乌鸦模样不好看，可是我爱吃地面的蝇蛆什么的，所以我做地面清洁工，是最合适的。"乌鸦抢着说道。

"乌鸦说得不错，你就做地面清洁工吧！"

大猩猩说完，四面环视了一下，发现小蚯蚓默默不语地躲在角落里。于是他说："小蚯蚓在这里等了半天了，我们就让他来说说吧！"

"我呀，能在地下制造肥料，让植物长得更茁壮。你们看，我做地下清洁工合适吗？"蚯蚓细声细气地说。

"很好，你就做地下清洁工吧！"大猩猩微笑着说道。

正在大家又要抢着发言的时候，一只黑不溜秋的小家伙跑来了，他一边跑，一边喊："哎——也写上我的名字。"

大家抬头一看，原来是只屎壳郎，不禁笑起来。乌鸦边笑边说："你，屎壳郎也想当清洁工？"

"是啊，我能把牧场上的羊粪、牛粪滚成粪球，然后再把它们埋到地底下，既清理了地面，又能充分利用肥料，我做牧场清洁工行吗？"

"行！行，当然行呵！别看屎壳郎个儿小，但本领可不小。今天应征上的都是了不起的地球清洁工，有了你们，地球环境就能变得更好、更清洁，从明天开始，大家分头去做环境保护工作吧！"

"好！"动物们高兴地齐声回答。

知识链接

蚯蚓，通称"地龙"。环节动物门，寡毛纲。种类很多。中国常见的为巨蚯科环毛蚓属，体长呈圆柱形，一般两侧对称，由多数环节构成，每节环生刚毛数十至百余条不等。生殖带环状，在第14～16节。雌雄同体，异体受精。卵1～3个，产在蚓茧中。蚯蚓对改良土壤有重要作用，也可做家禽或鱼类的食饵。

仙鹤回来了

[法国] 阿·特利埃

雪格和她的朋友克朗，以及其他年轻的仙鹤们，在乍得湖旁已经生活两年了，他们的嘴不知不觉地从黑色变成了红色。雪格和克朗现在已经3岁，到了造他们的第一个窠的年龄了。这一年，他们要同其他仙鹤们作一次长途旅行。他们和已经在附近的沼泽里拍击着嘴巴集合的那些仙鹤会合在一起。他们一共25只，要进行一次5 000千米的长途旅行。

他们任凭高空中的热气流的带动，展足翅膀，不费力地飞着。空气在他们的长羽底下滑过。他们隐约听到地面上的孩子们奔走相告："仙鹤走了！"

第五天，仙鹤们飞越积雪的阿特拉斯山。借着灯光，他们望见金碧辉煌的大城市马拉喀什。马拉喀什是摩洛哥的古都。这是一个宿营的好地方，他们要在这里休息几天。

每逢传来了仙鹤到达的消息，马拉喀什人就像在过节日，孩子们看见了他们就叫喊起来："仙鹤回来了！"

乍得湖仙鹤在这里不过是过路客。只有那些要在摩洛哥过夏产卵的仙鹤，才忙于修补旧窠或者做一个新窠。

如果你想知道风向，只要看仙鹤就行了。因为他们停留时，总是迎着风的。风转向时，他们的嘴巴也随着转动方向。如果逆风停着的话，他们的羽毛会被吹得竖起来，那会不舒服的。

来自地下的爆炸

雪格和克朗喜欢这个大城市和它的郊区，因为在这些地方可以发现他们所需要的东西。他们一块儿跟着农人的犁，当泥土被翻起时，犁刃挖出一些昆虫和幼虫，他们把嘴一伸，"霍泼"，美食就吞下去了。

他们一块儿游棕榈林，一块儿玩，在干涸的河里摸鱼，在苜蓿田里捉老鼠。

为了飞行便利，在旅途中，仙鹤们往往把窠安置在高的地方。有时候，如果他们以为受到热情接待的话，他们也会把窠做得跟人一样高。他们光临谁家，人们便认为这是一家人迎来幸福的征兆。

2月里的一天清晨，他们又出发了。每天晚上休息，第二天早晨再飞。有一天，他们来到了大海旁边，那些年老的仙鹤知道应该从哪儿过海，使飞行越短越好。他们要望得到对岸，才敢冒险在大海上空飞行。空气越冷，越不能托住他们。他们只好结束滑翔，在大海的上空两三米高处飞行。

旅行的终点终于到了。夜色降落到阿尔萨斯，莱茵河水闪烁着粼光。仙鹤们各自做窠去了。

雪格和克朗在房屋顶上过了一夜后，就到附近的村子里去找做窠的地方。他们在一家工厂的旧烟囱顶上找到了一只老窠。这座烟囱废弃已足足有100年了。他们经过8天的努力和耐心，终于把窠修复了。现在已是4月底了。

这一天，雪格留在窠里，因为她刚刚产下第1枚蛋。她小心戒备地监护着这个白色椭圆形的精致的小丸子似的蛋。两天以后，雪格产下了第2枚蛋，后来几天又产下3枚蛋，一共5枚。雪格和克朗轮流孵着，终于在33天后的一个早晨，5只小仙鹤都先后出壳了。开初，一个个像脆弱的湿乎乎的小绒球，几小时后，就一只只充满着生气，张开嘴巴讨食物吃了。

要喂5个孩子,确实是件伤脑筋的事。即便雪格和克朗不停地来来去去猎捕食物,食物仍然供不应求。渐渐地,小仙鹤大起来了,父母把他们喊到一边,教他们学习鼓动翅膀和保持平衡。

小仙鹤一天天地练习飞行,到他们飞得差不多像父母那样时,他们便学习自己单独去找食物。他们一天天能干起来,能够独立生活了。

有一天早晨,仙鹤们在一片草地上集合。他们进行了一个长时间会议,他们要回到暖热的地方去过冬了。

仙鹤们在村落和田野周围的上空慢慢地盘旋着,然后朝南飞去,长途旅行再一次开始了。

11月里的一天,乍得湖边的孩子们瞧见了一群鸟在晴空飞着,就叫喊起来:"仙鹤回来了!"

雪格和克朗重新找到了那个村子,又找到了那湖和它附近的沼泽,那儿将是他们孩子成长的地方。

知识链接

鹤是鹤科鸟类的通称,是美丽而优雅的大型涉禽。全世界有15种鹤,除了南美和南极以外,世界其他大陆都有鹤分布。鹤形体美丽,是高洁与美好的象征,人们都很喜爱它们,在童话和神话里,常常称鹤为"仙鹤"。

来自地下的爆炸

高 峰

世界上历史最悠久的自然保护区——始建于1872年的黄石公园，它位于美国西部，每天都有数以万计的游人来这里旅游观光。可是，谁也不会想到：公园的地下岩浆正在一天比一天激烈地滚动，如同一枚埋伏在地下的定时炸弹，随时可能喷发。

就在成千上万的游客观赏这里奇异多彩的各种温泉时，科学家们却因为其地下正在汇聚着的大量岩浆而忧心忡忡。这个地下"超级火山"，有朝一日必定会爆发，其强度与一颗小行星撞地球相差无几。

地质学家们发现，黄石公园所在的地壳中，有一个盛满岩浆的洞。就在北美大陆板块缓慢地漂过洞顶的时候，岩浆的巨大热量，便会熔化板块上的岩石，使得大陆板块越来越薄，而它下面滚烫的岩浆却在渐渐增多，离地表越来越近。地下浓稠的岩浆处于极大的热压力之下，而这种压力还在不断升高，一旦超过临界值，便会爆炸。伦敦的本菲尔德——格瑞格危险研究中心的火山学专家麦克吉尔说道："黄石公园就像盖在一个巨大的高压锅上的不很结实的锅盖。"

这个超级火山一旦爆炸，它所释放出的岩浆、灰烬和气体的数量之大，将超出人们的想象。它们将会像巨大的火焰喷泉，冲向天空。科学家们通过分析得出结论：黄石公园下的岩浆体积有40~50千米长、20千米宽，大约有10千米厚。而且这团岩浆，还在继续变大。

黄石公园内1万多处间歇泉就是这里地下岩浆运动的结果。岩浆

在地下不仅能将水加热，有时还能使它达到沸腾的程度，形成大量水蒸气，体积膨胀，产生压力。这时如果泉水涌出地面的通道细长狭窄，并且被温度较低的水堵住，水蒸气就会越聚越多，而压力也会越来越大，终于到了堵塞不住的程度时，便会像火山爆发似的喷出来。这样，堵塞在通道中的水便会凌空而起，形成一股高达几十米的水柱，霎时热雾弥漫、水沫飞舞。在大量水蒸气喷出以后，地下的压力减轻了，泉水恢复常态，等到水蒸气聚集多了，就再一次喷起。因此，这些天然的喷泉水总是间隔一定的时间喷发一次，很有规律。

那么这个"超级火山"将在何时爆发呢？地质学家发现，在地球史上，这里曾经发生过3次这样的火山爆发，其爆发的时间很有规律。第一次，是在200万年前，随后是在140万年前。假如它真的是遵循过去的规律，每隔60万年左右爆发一次的话，这个时间可能很快就要到了。由于人们还从来没有过机会到现场观察过这个"超级火山"的爆发过程，所以，人们也不知道爆发前会有什么样的征兆。

是会先发生大大小小的地震，还是会发生小型的气体喷发，或者什么前兆都没有，亦或者是突然来了一个超级爆炸？"我们根本就不知道我们应该注意观察什么"，科学家颇有些束手无策地说道。只有在火山爆发的后果方面，科学家们才有几分把握。

其爆炸声将可以在世界各地都听得到。全球的天空都会灰暗下来，天上将会下起黑雨，地球上将是一派荒废景象，就像经历了一场原子战争，只是没有放射性而已。长年研究火山爆发对生态环境的影响的纽约大学生物学家拉姆匹诺说："假如黄石公园下的火山爆发，将给美国，甚至是将给整个世界，带来灾难性的后果。"

地球上已知的最后一次超级火山爆发，是大约在7.4万年以前，苏门答腊岛上名为"多巴"的超级火山爆发。直到今天，人们还能够看到一个长100千米、宽60千米的火山口，里面充满了湖水。它就是如今印度尼西亚最大的内湖——多巴湖。多巴火山爆发后，天空灰暗，地球上的气温平均下降了5℃，持续多年。在地球北部甚至下降了15℃。进化学家认为，当时人类差一点就灭绝了，只有少数的一群人幸存，保住了人种。

知识链接

爆炸，是一种极为迅速的物理或化学的能量释放过程。在此过程中，空间内的物质以极快的速度把其内部所含有的能量释放出来，转变成机械功、光和热等能量形态。爆炸会产生巨大的破坏作用。

第四辑
生活与科技探奇

哈雷、瓦特、伽利略、阿基米德……你知道这些人类历史上的科学巨人吗？你听说过阿基米德智烧敌船的故事吗？你知道伽利略的伟大发现是什么吗？你能说出瓦特发明蒸汽机的作用和意义吗？

生活中的故事、科学探索中的趣事，给我们知识和智慧，给我们启迪和力量。

这些有趣的故事，会让你明白很多道理，增长不少见识。

这些新颖的故事，会向你传授知识，教你探索的方法。

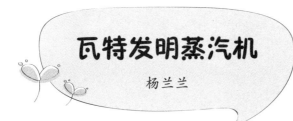

瓦特发明蒸汽机

杨兰兰

小兔烧的水开了，开水顶着壶盖"嘟嘟嘟"地响。

小兔一边关上煤气灶开关，一边说："这一壶水就能轻松地顶起壶盖，如果用很多很多的开水，那它的力量会多大呀！"

小狗听了这话，兴奋得跳起来说："你真聪明！科学家瓦特就这么想过，于是他发明了现代意义上的蒸汽机。"

"瓦特和蒸汽机是怎么回事？"小兔不解地问。

于是，小狗讲起了瓦特发明现代意义上的蒸汽机的故事——

瓦特是英国的大发明家，他发明了纺纱机，还发明了现代意义上的蒸汽机，并使其得到了真正的推广使用，推动了英国工业革命的飞速发展。

瓦特于1736年出生在英国苏格兰西部格林克镇。父亲是一名专门制作及贩卖航海器材的工匠，家庭比较贫穷。小时候的他没有机会上学，在家里帮助父亲干活或帮妈妈做家务。

一天，瓦特帮妈妈烧开水。水开了，蒸汽把壶盖顶了起来。瓦特突发奇想：如果能把壶里的水增加几千倍、几万倍，力量将是多大呢？

18岁那年，心灵手巧的瓦特立志外出闯荡，想靠修理科学仪器来谋生。

他先是在一家修理厂学习技术，后又去了一家钟表店学习修理钟

表。22岁那年,他来到格拉斯哥大学当一名教学仪器修理工。工作之余,他努力自学,用心学习物理、数学、化学等学科知识,并同一些著名的大学教授成为好朋友,常与他们探讨一些力学问题。

在那里,他听说当时已经有了以蒸汽为动力的机器,这勾起了他童年时的回忆。他决心要了解现有蒸汽机的制造原理。

经过一番研究,瓦特掌握了蒸汽机的工作原理,他认为当时那蒸汽机效率极低。能不能再制造一台效率高的蒸汽机呢?瓦特从此苦苦地思索和研究着。

功夫不负有心人,瓦特终于获得了成功。瓦特蒸汽机的发明,使得火车、轮船的发明成为现实,也给大机器生产提供了应有的条件。

瓦特的创造性工作使蒸汽机得到改良,他使原来只能用来提水的机械,成为可以普遍应用的蒸汽机,并使蒸汽机的热效率成倍提高,煤耗量大大下降。因此,他是蒸汽机名副其实的改良者。

知识链接

瓦特(1736~1819年),英国伟大的发明家,第一台有实用价值的蒸汽机的制造者。功率的单位就是"瓦特"(简称"瓦")。

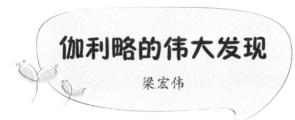

伽利略的伟大发现

梁宏伟

小狗和小兔练起了高台跳水。他俩一齐起跳，从相同的高度掉下来，结果是一齐落进水里。

小兔好奇地问起小狗："你比我重两倍，可我们落水时你并不比我快呀，而是一同落进水中，这是怎么回事？"

"那么，你知道'两个铁球同时着地'的故事吗？"小狗反问小兔。

小兔摇摇头。

"那么，你知道科学家伽利略的故事吗？"小狗又问。

小兔还是摇摇头。

于是，小狗只好给小兔讲起伽利略的故事来——

伽利略，世界著名的物理学家，1564年2月15日出生于意大利的比萨。

说起比萨，人们自然会想到那里著名的斜塔来。又因为伽利略站在比萨斜塔上做了一个极为有名、极富挑战性的实验，后来人们只要一想起比萨斜塔，自然也就想起伽利略来。

伽利略在年少时给老师的印象是好学好问，有独立见解，且博闻强记，全面发展。伽利略年轻时就已学会了拉丁文、希腊文，对哲学、音乐、医学均有较深的研究，但他最感兴趣的还是物理学。

18岁那年，有一天晚上，伽利略静坐在比萨教堂内，他看到悬挂在教堂中央上空的灯，被从教堂一边敞开的窗子吹进来的风刮得摇摆

起来,他赶紧把窗户关上,心想,这样灯该立刻停止运动了。可是那灯仍然有规律地摇摆着。

他看着这一切,觉得其中一定有规律可循。于是,他看了想,想了再看,还把右手放在左手腕上测着脉搏数着:"1,2,3……"结果发现,吊灯摆动幅度虽然越来越小,但它来回摆动一次的时间却是相同的。

这是为什么呢?伽利略感到疑惑。

伽利略回到家里,仍不能忘怀,便动手在家里做起了同样的实验,其结果依然一样。经过反复实验、推敲、思考,伽利略终于总结出"摇摆的等时性定律"。在此基础上,伽利略制成了世界上第一台挂摆时钟。

教堂内的灯不知摇摆了多少年,也不知有多少人看到过灯的摇摆,但谁也没有认真思考过它摇摆的原因,因此谁也没有发现其中的秘密。伽利略之所以能从日常现象中发现其深藏的规律,得益于他的精细观察和反复论证。

假如有两个铁球,一个重量为1磅,另一个重量为10磅。如果拿着这两个铁球登上几十米高的塔顶,然后同时松手让铁球自由落下,那么两个铁球是否会同时落地?

2 000多年前的大科学家亚里士多德早有结论:重的铁球先落地。这一结论在伽利略时代也为科学界所深信不疑。

25岁那年,在比萨大学担任教授的伽利略公然否定亚里士多德的结论。伽利略的这一举动被当时的科学家认为是狂妄。

但伽利略只相信真理。他决心要在比萨斜塔上做公开实验来证明亚里士多德的结论是错误的,同时告诉人们他的结论:两个铁球会同时落地!

做实验那天,伽利略手持两个铁球:一个重1磅,一个重10磅。他走到比萨斜塔的塔顶,斜塔下站着科学界同仁和许多比萨市民。

有人嘲笑地说:"让这个疯子胡闹去吧!"

可结果呢?现在大家都已经知道了,伽利略是正确的。

为什么会这样呢?

理论上来讲,如果忽略空气的阻力,那么任何物体在同一高度同时落下,它们都会同时着地。两个铁球同时落地,证明了重力加速度大小与物体本身的质量以及所受的重力大小无关。

"两个铁球会同时落地,怪不得我们俩同时起跳就会同时落水呢。"小兔似懂非懂地说。

知识链接

伽利略(1564~1642年),意大利数学家、物理学家、天文学家,科学革命的先驱,近代实验科学的奠基者之一。摆针、温度计等都是他发明的。

阿基米德智烧敌船

元 明

阿基米德是2 000多年前古希腊伟大的科学家。他提出的一些浮力原理、杠杆原理等，至今仍闪耀着光辉。

叙拉古是古希腊王国中的一个小国。那时，与它近邻的罗马帝国日渐强大起来。罗马帝国一向奉行扩张政策，不断发起侵略战争。不久，罗马帝国便把矛头指向了叙拉古国。叙拉古国王号召全城人民奋起抵抗，但毕竟面对的是强大的罗马帝国，一弱一强，实力差距非常明显。叙拉古随时都有被罗马帝国侵吞的危险。

阿基米德就生活在叙拉古，他和全城人民一样，在为保卫家乡而努力。

一天，罗马帝国派出大批船只，从海上向叙拉古发起攻击。叙拉古国王亲自率领人民来到城头作战。罗马的船只浩浩荡荡从地中海中驶来了，叙拉古城头上的士兵立即万箭齐发，射向敌船。但敌人人多船多，弓箭根本无法阻挡他们凌厉的攻势。很快，箭便射完了。敌船更加有恃无恐地驶来。全城的人都焦急万分。

情况危急！站在城头的阿基米德这时正注视着海面上渐渐驶近的敌船。骄阳似火，湖面波光粼粼。阿基米德急中生智，突然大叫一声："我有办法了！"

周围的人看着他的异常举动，先是一愣，继而纷纷追问："有什么办法？快说！"

"全城妇女都集中起来，每人手拿一面大镜子，我自有办法！"阿基米德激动地说。

人们听了他的话，虽然不明白其中的原因，但也纷纷行动起来。人们相信他一定是有好办法了，因为他曾制造了许多先进的工具，在抵抗罗马侵略军中发挥了重要的作用。

镜子都取来了，阿基米德先作了个示范，说："将镜子对准太阳光，将反射的光都集中照到最前边的那只船的帆上。"

妇女们照着阿基米德说的方式做，无数只光亮全集中到那只船的帆上了。那只船越驶越近，船上的罗马兵不知道城头的人们在干什么，嘲弄地笑道："他们是不是在做什么游戏啊？"船上的人都哈哈大笑起来。

不一会儿，奇迹出现了：那只船的帆顶冒起了白烟，接着，蹿出了火苗，紧接着，船帆着火了，不一会儿，整个船都燃烧起来。

船上的士兵这一下可急了，都不知道是怎么回事，纷纷叫嚷："叙拉古人请来神火了！快逃命啊！快走啊！"顿时船上大乱。有的士兵不知所措，只好跳海，被海水淹死了；有的活活被火烧死了。

战争结束后，人们想找阿基米德问个清楚，而阿基米德早已去忙他的研究工作了。

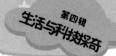

知识链接

"古希腊"不是一个国家的概念，而是一个地区的称谓。一般指西方公元前800年～146年间位于欧洲南部，地中海东北部，包括希腊半岛、爱琴海和爱奥尼亚海上的群岛和岛屿、土耳其西南沿岸、意大利西部和西西里岛东部沿海地区。古希腊产生过高度的文明，古希腊人在哲学、科学、历史、建筑、文学、艺术等很多方面有很深的造诣。

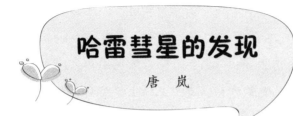

哈雷彗星的发现

唐岚

这天晚上，小狗和小兔躺在草地上看星星。小兔突然想起来，奶奶说有一种星叫"扫帚星"，它一出现，就会有灾难降临。

小狗听了哈哈大笑，于是他给小兔上了一堂生动的课——

中国民间常有"扫帚星"一说。长时间内每当发现夜晚天空有一把扫帚形的星星划过时，人们都诚惶诚恐地议论着，认为又有什么灾难要降临人间了。因为这是一种异样的星星，人们不知道它是什么星，就称它为"妖星"，认为它会给人间带来瘟疫和灾难。

事实真的如此吗？于是小狗给小兔解释了彗星的形成原因：

其实，所谓的"扫帚星"就是彗星，是太阳系中的一类小天体，由冰冻物质和尘埃组成。它靠近太阳时，太阳的热使其中的物质蒸发，在冰核周围形成朦胧的彗发和一条彗尾。由于受到太阳风的压力作用，彗尾总是指向背离太阳的方向。

小兔听了，不住地点头。"那么这种错误的看法，是什么时候被谁揭穿的呢？"小兔又问。

"他就是英国著名的天文学家哈雷。"小狗说着，又给小兔讲起了哈雷识彗星的事——

哈雷17岁那年进入了著名的牛津大学，他学习刻苦，成绩十分优秀。大学四年级那年，哈雷突然中断学业，离开了英国，到南大西洋的小岛上去了。为什么呢？难道是被流放吗？不是。是他突然心血来

潮要去那里冒险吗？也不是。

哈雷对天文学神往已久，他发现以往的天文学家很少在地球的南半球上观察过星象，同时他认为在南半球观察星象有许多有利条件，能够去地球的南半球观察星象便是他一直以来的梦想。眼下，他继承了一笔遗产，有条件去实现自己的愿望了。哈雷便毅然放弃了唾手可得的学位，到了距离英国1万多千米的小岛。

小岛犹如汪洋中的一叶小舟，东西长才12千米，南北长只有8千米。小岛上人烟稀少，人们过着自给自足的封闭落后的生活，生活很苦，没有街道，没有商店。哈雷顾不上这些，他向当地居民借了一间房子安置好行李和装备，就领着两个雇来的伙计去观察地形，在一个他们认为合适的地点建立了一座小小的天文台。这也是人类在南半球建立的第一座天文台。

两年后，他根据观察到的星象编成《南天星表》。这张出色的星表使年仅23岁的哈雷被选为伦敦皇家学会的会员，从此他声名鹊起。

哈雷最广为人知的贡献就是他对彗星的准确预言。1680年，哈雷与巴黎天文台第一任台长卡西尼合作，观测了当年出现的一颗大彗星。从此，他对彗星产生兴趣。大约在1682年，彗星又一次在南部天空出现了。哈雷借此机会，一面敏锐地注视天空中彗星的行踪，一面到英国和欧洲其他国家搜集有关彗星的资料。经过筛选和归纳，他发现1531年、1607年和这次，彗星出现的时间间隔都是70多年，而且其轨道接近。难道它们是同一颗彗星？哈雷为这一初步发现激动万分，继而又进行了向前的搜寻，得出的结论认为，这三次出现的彗星，并不是三颗不同的彗星，而是同一颗彗星三次出现。

哈雷为此进行了复杂而严格的运算，得出结论：这颗彗星在运行轨道上环绕太阳运转，其周期约是76年，这与史书记载完全一致。

  1759年3月，全世界的天文台都在等待哈雷预言的这颗彗星。3月13日，这颗明亮的彗星拖着长长的尾巴出现在星空中，遗憾的是，这时哈雷已经去世。为了纪念哈雷，人们把这颗彗星命名为"哈雷彗星"。

  其实，我国的《春秋》上曾记录了公元前61年哈雷彗星的出现，这是世界上公认的第一次关于哈雷彗星的确切记录，比欧洲要早630多年呢。

知识链接

  哈雷彗星是人类第一颗有记录的周期彗星，是我们从地球上用肉眼可直接看见的唯一的短周期彗星。它每76.1年环绕太阳一周。英国物理学家爱德蒙·哈雷（1656～1742年）首先测定了它的轨道数据和它的运行周期，它也因此得名。

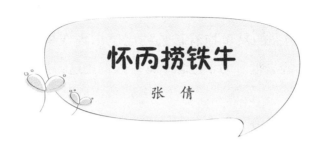

怀丙捞铁牛

张 倩

宋朝时候,山西河中府的黄河上,有一座浮桥。这座桥是用4根大铁链把许多小船串联起来,再在铁链上架上木板搭成的。在浮桥两边的河岸上,各有4头大铁牛,4根铁链紧紧地拴在铁牛的身上。这样浮桥既牢固,又稳当。

可是有一年,黄河发了大水,把浮桥冲断了,因为浮桥是靠黄河两岸的8头大铁牛牵拉的,现在这8头大铁牛也随浮桥一起被冲到了黄河中。

这么一来,浮桥两边的人们有事过不了河,很不方便。可是黄河水那么深,铁牛又那么重,谁能将铁牛捞上来呢?人们只得望着滔滔江水叹着气,谁也没好主意。

有一个叫怀丙的和尚,他知道了这件事后便琢磨开了。

他找到了负责建桥的人,跟他们讲了自己的想法。尽管大家将信将疑,但还是按照怀丙说的准备起来。

这天,开始捞铁牛了,人们知道了这个消息,纷纷赶来看个究竟。怀丙先叫几个潜水能手潜到河底,找准每个铁牛的位置,然后将两艘船开到铁牛上方的水面上。每艘船上都满载着沙子,因而船身被压得很低,船也不易随水流漂得很快。

摆好了船的位置,怀丙又叫人弄来一根粗木头,将木头固定在两艘船之间,再在木头上系上铁索,让潜水能手将铁索的另一头拴到水

下的铁牛身上。

一切准备完毕，怀丙让大家将船上的沙子全部铲掉。由于沙子没了，船身轻了，船上浮的力量将铁牛从淤泥中拔了出来。这时怀丙没有急于将铁牛拖上船，而是让船夫将船划到岸边，再将铁牛从河中拖上来。这要省不少力气。

按照这种办法，铁牛一头接一头地被拖了上来。

很快，这些铁牛又被派上用场，浮桥也顺利地被架起来了。

人们目睹了怀丙捞铁牛的情形，无不叹服。人们每每走在浮桥上时，便会忍不住称赞怀丙的聪明才智。

知识链接

北宋（960～1127年），是我国继五代十国之后的封建王朝。怀丙和尚是北宋时期有名的工程家，曾解决过不少工程难题。如更换过真定13级宝塔中间的柱子，扶正了宝塔。他还扶正过赵州洨河上的石桥。

哥伦布"拿走"月亮

白 明

哥伦布是世界上著名而伟大的航海家,是美洲大陆的发现者。他出生在意大利,后来去西班牙,在西班牙国王的支持下,他进行了多次远洋航行。

1493年,哥伦布率领的船队来到大西洋海面。一天,狂风大作,巨浪滔天。恶浪将船只无情地抛起,又狠命地扔下。哥伦布一边鼓舞船员们不要害怕,一边下令向别处驶去,暂时避一避。他们好不容易才漂到牙买加岛的一处海湾,然后上岸休息。

可是,又一个困难接踵而来,本来就不多的粮食,由于遭海水浸泡,不能食用了。没有粮食怎么生存?再说返程的路很远,没有粮食也会被饿死在途中的。

船员们来找哥伦布,哥伦布说:"我们只有找这里的土著印第安人了,看他们能不能帮个忙。"

哥伦布和船员们找到印第安人。由于语言不通,他们费了九牛二虎之力才使印第安人明白过来。但印第安人的首领知道后连连摆手,表示不同意。印第安人看着这些远方来的人,总觉得他们不怀好意,对自身的安全是种威胁,所以当然不愿意将粮食借给他们了。

哥伦布扫兴地回来了。来到住处,哥伦布随手翻开了一本随身携带的历书,他想看一看近期的气象。当看到历书上说近期这里可能有月全食发生时,他灵机一动,立即站起来,大叫一声:"有了!有了!"

他疾步走出来，领着几名船员又去找印第安人的首领。船员们觉得很奇怪，都说："印第安人已经拒绝了，而且态度坚决，我们去得再多也没有用。"

哥伦布却胸有成竹地说："这回他们一定会主动借的。"

船员们不知道哥伦布葫芦里卖的是什么药。

首领当然又拒绝了。可哥伦布却不慌不忙地说："如果你们真的不愿借粮食，我们也不勉强，可我们将从今晚开始就要带走这天上的月亮，你们这儿的晚上只能是漆黑一片了。"

首领听了哈哈大笑，他根本不相信哥伦布的话。

在回来的路上，船员们也都说哥伦布："拿什么吓唬他们不好，拿带走月亮来吓唬他，他们当然不会相信的。"

哥伦布只笑了笑，没有回答。

晚上，印第安人聚集在月光下跳舞。月光洒在大地上，照得大地像白昼一般。可他们跳得兴致正浓时，月光突然暗淡下来。人们抬头望去，天上的月亮不见了。他们惊恐万状，不知道出了什么事，都以为是大祸临头了，吓得叫起来。

这时首领忽然想起哥伦布白天说的话，心想，这一定是哥伦布干的。没有月亮，夜晚都没有光亮，那怎么行！

他赶紧去找哥伦布，问："这月亮是你拿的吗？"

"是的。"哥伦布一本正经地说，"我们明天出发，也将它带走。"

"我们愿意将粮食借给你们，你把月亮还给我们行吗？"首领请求说。

哥伦布故意顿了顿，然后说："那好吧，我们交换吧。"

印第安人给了哥伦布他们许多粮食，足够他们远航用的了。

果然月亮又出来了。

原来,哥伦布从历书上得知那天有月食,便想出了这么个办法。而那时比较封闭的印第安人还不明白月食是怎么回事。

船员们听着哥伦布的讲述,个个都夸他有智谋,会想办法。

知识链接

哥伦布(1451~1506年),意大利航海家、探险家。他认为地球是圆的,横渡大西洋,到达美洲,是第一个到达美洲的欧洲人。他一生从事航海活动,先后4次出海远航。

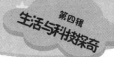

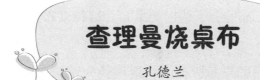

查理曼烧桌布

孔德兰

故事发生在9世纪。当时科技还很不发达，人们对许多科学现象还不了解，对许多事物的认知还不够深刻，对一些不了解的现象便以为是"神"或"妖"在作怪。

查理曼烧桌布而吓走使臣便是如此。

一天，拉锡德酋长召集大臣，商讨如何攻占法兰克王国。有人建议进攻前应了解一下法兰克的情况，以便做到心中有数。拉锡德觉得这话有道理，于是派了几个使臣去法兰克王国面见国王查理曼大帝。

查理曼早知拉锡德对法兰克心怀叵测，今天派使臣来，显然是想探听情况的。查理曼将拉锡德派来使臣的事一说，大家都十分气愤，不少人主张将使臣杀了。

其中有个大臣认为这样做不妥，他说："两国交战，不斩来使。如果我们杀了使臣，拉锡德更有借口了，那时我们倒没有理了。"

他走到查理曼大帝面前，对他耳语了一番。查理曼一听，连声称"妙"。原来他建议用计吓退使臣，让他们自己回去汇报。

当时的法兰克人懂得石棉是不怕火烧的，于是有人用石棉制成了布。这种布当桌布后，脏了用火一烧就又能用了。

查理曼大帝连忙吩咐："设宴招待使臣。"使臣们很高兴，他们以为法兰克国王一定害怕拉锡德率兵来进攻，想好好招待他们，让他们

回去多说些好话。宴会确实很隆重，赴宴的人很多，餐桌上摆满了美味佳肴，而且餐桌上都铺上了洁白的桌布。这种桌布很特别，是他们从未见过的。

用完餐，那洁白的桌布脏多了。查理曼大帝说："这桌布脏了，把它们烧了再用。"

这时有人过来问："是不是换一下？"

查理曼大帝摆摆手说："不用了，烧一下便干净了。"

那几个使臣一听，你看看我，我看看你，心想：查理曼真有这本事吗？

这时，仆人过来了，将桌布掀起，扔进了墙边的火炉里。那几个使臣都不由自主地转过头去看。不一会儿，仆人又将桌布取了出来，桌布不但没有被烧掉，而且没有任何被烧过的痕迹。桌布上的脏没有了，又变得干干净净的了。仆人又将桌布铺了上去。

几个使臣看着这一切，惊得目瞪口呆。他们可从没有见过这么稀奇的事，都以为查理曼大帝会妖术，一定是他的魔力在作怪。

他们赶忙向查理曼告辞，飞马而回。

回去后，他们立即去见拉锡德酋长，将所见到的一切作了详细汇报。拉锡德听了也很惊奇，说："早有人传说查理曼会妖术，看来这是真的呀！"

"那这仗还打吗？"一个使臣问。

"我看还是不能打。"拉锡德说，"如果查理曼会妖术，我们的人马再强悍也是没有用的。"

"不过，查理曼似乎知道我们要进攻他们的。"另一个使臣说。

"那你们再去一次，多带些礼物，就说我们愿和法兰克永远友好相处。"拉锡德说。

查理曼让仆人去烧的桌布便是用石棉制成的。可那几个使臣并不明白,所以以为查理曼在耍妖术。这场战争就这样避免了。

知识链接

查理曼大帝(742~814年),法兰克王国加洛林王朝国王。他建立了庞大的帝国,面积包括西欧的大部分地区。欧洲人称他是"欧洲之父"。

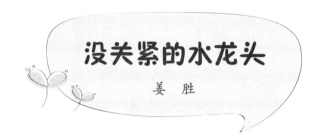

没关紧的水龙头

姜 胜

谁家娃娃真粗心,水龙头儿不拧紧。

你看它有多伤心,眼泪"滴嗒"流不停。

亮亮看到粗心的悦悦没有关紧水龙头,有意唱起这首儿歌。

悦悦听了,不高兴地说:"不就流一点自来水吗,有什么大不了的!"

"别急,听了我的介绍,你就不会这么想了。"于是亮亮认真地说起来——

从太空中看,我们居住的地球是一个椭圆形的、极为秀丽的蔚蓝色球体。水是地球表面数量最多的天然物质,它覆盖了地球70%以上的表面。地球是名副其实的大水球。

地球上的所有生物都需要水。水是生命的源泉,是万物生长的乳汁。但清洁的淡水非常有限,地球上的水只有不到1%是可以饮用的。

我国淡水资源总量居世界第六位,而人均水量却是世界人均水量的1/4,仅相当于美国的1/5,加拿大的1/48。

全世界有10亿以上的人由于饮用被污染的水而导致疾病蔓延。在发展中国家,80%的疾病和33%的死亡都是因为饮用受污染的水造成的,每年约有500万儿童因饮用不清洁的水而死亡。

我国每年排放几百亿吨废水,并且逐年增加,江、河、湖污染严重,而且有加重的趋势。有人说,约50%的地下水被污染,40%的水

源已经不能饮用。

我国的城市供水不足问题也日益突出,缺水城市近300座,城市地下水超采情况非常严重。

人体的含水量是体重的65%,如果人体损失20%以上的水分,就会导致死亡。

水是农业的命脉,每生产1吨小麦需要500吨水,生产1吨棉花需要2 500吨水。

水是工业的血液,每生产1 000度电需要消耗200吨水,生产1吨石油化工产品或1吨纸需要200～500吨水,生产1吨钢需要200吨水。

"这是我查到的数字。"亮亮严肃地说,"每个人浪费一滴水,全国要浪费多少滴水?"

悦悦低下头,不好意思地说:"我以后会珍惜每一滴水的。"

知识链接

对于人来说,水是仅次于氧气的重要物质。在成人体内,60%～70%的质量是水。儿童体内水的比重更大,可近80%。如果一个人不吃饭,仅依靠自己体内贮存的营养物质或消耗自体组织,可以活上一个月。但是如果不喝水,连一周时间也很难度过。体内失水10%就危胁健康,如果失水20%,就有生命危险,足见水对生命的重要意义。